格致·格尔尼卡

送箱啤酒去越南
战争中的友谊与忠诚

The Greatest Beer Run Ever
A Memoir of Friendship, Loyalty, and War

[美] 约翰·"奇克"·多诺霍
John "Chick" Donohue

J.T.莫洛伊
J.T. Molloy
——著

谭阳
——译

格致出版社　上海人民出版社

图书在版编目(CIP)数据

送箱啤酒去越南 : 战争中的友谊与忠诚 / (美)约
翰·奇克·多诺霍,(美)J.T.莫洛伊著 ; 谭阳译.
上海 : 格致出版社 : 上海人民出版社,2025. -- (格致·
格尔尼卡). -- ISBN 978-7-5432-3691-2

Ⅰ. I712.55

中国国家版本馆 CIP 数据核字第 2025XY8541 号

上海市版权局著作权合同登记号:图字 09-2025-0238

责任编辑 张苗凤
封面装帧 吴静南

格致·格尔尼卡

送箱啤酒去越南
——战争中的友谊与忠诚
[美]约翰·"奇克"·多诺霍　J.T.莫洛伊 著
谭　阳 译

出　　版　格致出版社
　　　　　上海人&出版社
　　　　　(201101　上海市闵行区号景路 159 弄 C 座)
发　　行　上海人民出版社发行中心
印　　刷　上海商务联西印刷有限公司
开　　本　890×1240　1/32
印　　张　8
字　　数　173,000
版　　次　2025 年 8 月第 1 版
印　　次　2025 年 8 月第 1 次印刷
ISBN 978 - 7 - 5432 - 3691 - 2/K · 245
定　　价　56.00 元

献给特蕾莎·奥尼尔·多诺霍、乔治·拉什和埃蒙·拉什

序

1967 年 11 月，约翰·"奇克"·多诺霍*还是个 26 岁的美国海军陆战队退伍军人，当时他正做着商船海员的工作。一天晚上，在纽约市的一家酒吧里，有人当众向他发起了一项挑战。聚集在酒吧壁炉旁的男人们，都在越南战争期间失去了家人和朋友。

现在他们看到，那些十八九岁的男孩接到征兵令前往征兵站时，反战抗议者们竟然把矛头指向这些新兵。街坊里的一位爱国者提出了一个可能大多数人都会觉得荒谬的想法：他们应该派个人悄悄去越南，找到正在作战的战友们，给他们每个人送上一罐啤酒、一个大大的拥抱、一片欢笑，还有来自家乡的支持和鼓励。奇克主动请缨去执行这项任务。

就这样，为了找到他的朋友们，他开始了一场奥德赛之旅：从南海海岸线上的归仁港，一路向北，经过抵御北越和老挝的紧张对峙的非军事区；然后到与柬埔寨接壤的中央高地；再到美国军方在

---

* 奇克（Chick），作者的朋友给他起的昵称，意为"小鸡"。如无特殊说明，本书页下注均为译者注。——译者注

隆平的大型弹药库，最后一路向南抵达南越首都西贡。*

事情的进展是计划不如变化快，但奇克最终还是回到了美国，继续关照着他的朋友和其他工人。1990 年那场《纽约每日新闻》罢工汹涌澎湃，当时奇克正在为支持罢工的卡车司机兄弟会工作，他发现有列满载报刊印刷用纸的货运列车正从加拿大驶向纽约，以便管理层印发某份"工贼报纸"**。于是奇克去拜访了纽约上州一处铁路段的工人，然后，这列火车就不知怎么地被拦截了，并在北达科他州"失踪"了。

20 世纪 80 年代，当美国国会打算削减纽约下水道和地铁建设项目的资金时，奇克是当时被称为"沙猪"的隧道挖掘工，属于城市矿工的一员，从事着挖掘和建造城市隧道的危险工作。这些隧道用于水管、地铁、卡车和汽车运输。与此同时，他还是"沙猪"工会（147 号本地工会）的说客。他一般早上在被称作"洞"的隧道里挥汗如雨，下午就坐火车去华盛顿，游说政客们看清现实。最终，他通过将政客们带入黑暗之中而说服了他们。奇克带着一群参议员和众议员乘坐笼式电梯，下降到了人行道下方 700 英尺处的滴水坑道中。尽管议员们恳求奇克带他们回地面，但他还是拖延到议员们保证在基础建设上投赞成票，才带他们升回去。后来，奇克被哈佛大学肯尼迪学院录取为硕士研究生，但他并没有谨小慎微、低调安

---

* 南越为越南共和国，主要指西贡，即今天的胡志明市及其周边地区，是 1955 年建立的总统制共和国；北越为越南民主共和国，指以河内为中心的区域，1945 年在越南共产党的领导下宣布独立。南越直到 1954 年仍在法国殖民统治之下，越南战争期间转而处于美国控制下，与北越对峙。

** 工贼报纸（scab paper），指在罢工期间由非罢工工人或管理层人员印制的报纸。

分，而是大胆地参与组织了一个员工工会，并提出"特权不能当饭吃"等口号。奇克的朋友、作家弗兰克·麦考特在 1996 年出版了一本畅销回忆录，书中讲述了他早年在爱尔兰的贫困生活，但在爱尔兰举行公众朗诵会前，他遭到了威胁。奇克带了个据说是纽约黑帮的壮汉飞了过去，在麦考特朗诵时站在他旁边，结果一切平安。

现在你该懂了，奇克是许多精彩故事的主角，而你接下来将要读到的是其中最为精彩的故事。

J.T.莫洛伊

目　录

第一章　纽约酒吧之夜——来自上校的挑战

1967 年 11 月的一个寒夜，我们在菲德勒医生酒吧里，这是曼哈顿因伍德街区最受欢迎的酒吧，位于伊沙姆街北面的谢尔曼大道 275 号。乔治·林奇是酒保，我们叫他"上校"。这是个荣誉称号，因为他虽然在军队中只当过一等兵，但他是位伟大的军事史学家和爱国人士。

有一天，上校征用了街角的空地，竖起了一根巨大的旗杆——你可能在中央公园或政府大楼前才看得到这种旗杆。现在这旗杆都还在。每天清晨，他都会隆重地升起国旗，然后日落时降旗。每年阵亡将士纪念日和国庆节，上校都会组织游行队伍沿谢尔曼大道游行。他动用自己的人脉关系，让游行声势浩大。

他找来了比尔·利纳恩，美国海军陆战队后备队在舒乐堡的指挥官，把海军陆战队派来参加游行。舒乐堡是座 19 世纪的堡垒，位于窄颈大桥，现在是纽约州立大学海事学院和航海博物馆的所在地。现在我们正在越南打仗，有这么多家乡的小伙子在那里服役，上校的努力显得更加必要了。

上校还请来了芬巴·迪瓦恩——一位住在街对面的高个子男人，他是纽约市警察局翡翠协会鼓乐队的队长。队长身着饰有羽毛的轻骑兵高筒帽，高举指挥杖，领着身穿苏格兰短裙的风笛手和鼓手们组成的楔形队伍前进。芬巴的兄弟、善牧堂教区的神父凯文·迪瓦恩也带领所有神父、修女和天主教学校的孩子们参加了游行。迪瓦恩家还有个兄弟在联邦调查局工作，上校说服他组织了一支联邦调查局特工的队伍，公开身份参加游行。上校做事真是又帅又疯。

上校对待从战场上回来的小伙子们就像对待国王一样。在菲德勒医生酒吧，他们喝酒不用付钱。在酒吧拐角处，被我们叫作"营房"的地方，上校住在一个有着两张军队双层床的房间里，一张床是他自己的，另一张是留给回家来需要住处的士兵的。

在吧台后面，上校说了算。他边听边开怀大笑，讲起故事来就像你的爱尔兰祖父一样，口音声调一板一眼，说话恰到好处又妙语连珠，讲完一个故事，能让你笑得连哮喘都治好了。但是他作风强硬，那些在他眼皮底下胡作非为的人很快就被打发走了。

上校最近对他在新闻中看到战争的报道高兴不起来。反战抗议者们正在把矛头转向军人。他们不仅仅反对林登·约翰逊总统将军队从肯尼迪时期的 16 000 人增加到 50 万人，导致冲突升级；也不仅仅把注意力锁定在要求进一步增派部队的驻越美军司令威廉·威斯特摩兰将军身上；抗议者们还把目光投向被征入伍的不满 20 岁的小伙子们，以及从无以言表的地狱般战场上归来的老兵们身上。我们听说，当附近的青涩男孩们在父兄的陪伴下，去怀特霍尔街的征兵站时，他们遇到了举着标语牌的反战抗议者，牌子上写着"士兵即凶犯"。

当这些新闻画面在吧台上方的电视里播出时，上校毫不掩饰他的愤懑。

"你知道他们在越南那边尽忠职守时士气会多低落吗？"他大声咆哮，"我们得为他们做点什么！"

"对！"大家大声喊道。

"我们得让他们知道我们支持他们！"

"没错！"喊声更大了。

"应该有人去趟越南，找到我们这儿过去的小伙子们，给他们每人带罐啤酒！"

"没错！——等一下。**你刚说什么？**"

"你们没听错！给他们带罐上好的啤酒，给他们带去家乡的消息。给他们带去……鼓励和支持。告诉他们，我们每一步都与他们共进退！"

上校把胳膊放在吧台上，严肃地看着我的眼睛。"奇克，"他说，"我想借你的海员证。"

他这话听起来更像是命令，而不是请求。

我是名美国商船水手，是在油轮和其他商船上工作的平民海员。20 世纪 60 年代初，我自从结束美国海军陆战队四年的服役生涯后，就成了商船水手。

我有张海员证，叫作"Z"卡，就像军人证一样，上面有照片和工龄。我的海员证上写明，由于我有军事许可，因此可以接触弹药。海员证由美国海岸警卫队签发，可代替护照使用。

"你要我的海员证干什么？"我问道。

"我要搭上一艘去越南的船，"他回答道，"我要给从这儿过去的所有人都送去一杯喝的。"

这是我当海军陆战队员，驻扎在日本时拍的，至于卡车里装的是否全是啤酒，我可不能说。(除注明外，所有照片均由作者提供)

战争期间，没有军方命令，平民是不能从美国飞往越南的——不过也没人想去岘港市中心度春假就是了。

但上校可"借"不了我的海员证去战区。他不知道在商船上该做些什么。而且，他长得一点也不像我。我是一头红发，还比他小十岁——算了吧，行不通的。此外，这个想法也太疯狂了，不是吗？

我看着上校的眼睛，想知道他是不是认真的。哦，他居然是认真的。

截至 1967 年底，因伍德已经埋葬了 28 位在越南阵亡的士兵，他们是一些人的兄弟、堂兄弟和朋友。整个街区的人都会来参加葬礼，无论他们是否认识某个小伙子。至少有一半的士兵，不是被征召入伍的，就是在十七八岁离开高中后立即报名参军的。17 岁的孩子，必须有父母在许可单上签字，就像给学校组织的野外旅行签字一样，但这是一次 9 000 英里外的远行，而他们可能再也回不来。这些年轻人中也有大学毕业生，只要是 26 岁以下，就会被征召入伍，很多人刚毕业就被征召了。

在因伍德，没人会找家里的医生朋友来伪造关于神经衰弱或是足跟骨刺的诊断书来躲兵役。也没人像后来的副总统迪克·切尼那样，无休止地靠玩在校生暂缓服役的把戏来逃避服役；切尼一共四次利用"在校生"身份合法暂缓服役，甚至为保险起见又多申请了一次。对我们来说，也根本不会考虑越过边境成为加拿大人。

上校和我一直是迈克·莫罗的好朋友。6 月的时候，他在比林斯行动*中被迫击炮炸死，年仅 22 岁。他所在的连队和来自第一步兵师的另外三个连队在 X-Ray 着陆区遭到埋伏，而且寡不敌众，越南共产党的兵力比他们多出了 2 000 人。根据美国政府的报告，惨烈的结局是："他们"死了 222 人，我们死了 39 人。这时在美国国内，"爱之夏"运动**刚刚兴起。我们还失去了 23 岁的约翰尼·克诺普夫，1966 年 11 月 1 日万圣节，当他的母亲正在教堂为他祈祷的时候，他却遇害了。

---

    * 比林斯行动（Operation Billings），即 Xom Bo II 战役，1967 年 6 月 12—26 日由美军发起的在西贡以北约 60 英里的平阳省福荣镇的战役，旨在追击越南共产党军队，战役以残酷著称。

    ** "爱之夏"运动（Summer of Love），指 1967 年 5 月至 8 月在旧金山兴起的嬉皮士反文化运动（counterculture movement）。

然后还有汤米·米诺格，他报名参军时只有 19 岁零 1 个月；而 1967 年 3 月，他刚满 20 岁，就英勇战死。他的死尤其令人难受。汤米非常英勇，他也是个可爱的孩子。他身材高大，但他从没想过要欺负任何人。他从不希望任何人感到被冷落，他还想方设法让被别人嫌弃的孩子们参加因伍德公园的团队运动和街头游戏。我们和他的哥哥杰克以及三个弟弟都是朋友，所以我们也把他当小弟弟看待。那时，父母可能会生四个、六个甚至十个孩子，哥哥们会带着弟弟们，我们会照顾他们所有兄弟。

　　汤米是这样的孩子：一年夏天，他的父亲约翰·“一拳”·米诺格向他在因伍德海水游泳池工作的朋友丹尼·林奇询问，是否能给汤米找份工作，好让这孩子在校外漫长炎热的两个半月里规规矩矩不惹麻烦。林奇说他很抱歉，他们所有职位都已经满了。米诺格先生一脸沮丧地离开了。

　　林奇喊道：“等等！也许汤米可以过来做帮手，那样他至少可以免费游泳。”

　　米诺格先生同意了，汤米也很乐意，他每天起早贪黑，工作勤快。救生员安迪·罗森茨魏希讲了这样一件事：有一天，当汤米正在清扫、堆放毛巾和搬运躺椅时，米拉马尔泳池的老板出现了。他问：“哇，我们付了多少钱给那孩子？”林奇回答说：“一分钱都没付。”

　　“那好，今天开始给他发工资吧。”老板吩咐道。连老板们都觉得汤米诚实可信。

　　后来，汤米加入第三十五军步兵第二营，成为一名排级医务兵。不久，他就被派往越南与老挝交界的中央高地，来到昆嵩省。

圣帕特里克节刚过几天，他部队的 100 名士兵被冲过边境的 1 000 名北越正规军包围了。这个排面对十倍的敌人，几分钟就被攻破了，连长罗纳德·雷科夫斯基上尉也身负重伤。汤米在枪林弹雨中跑出 100 英尺，把身体扑向上尉，自己身中数弹。他不顾自己的伤势，为连长进行治疗，挽救了连长和他身边连队无线电报务员的生命。随后，汤米从一名倒下的兄弟手中拿过一挺机枪，与他连队的幸存战友一起反击北越军队，继续掩护受伤的雷科夫斯基上尉。在上尉的命令下，无线电报务员呼叫空中支援，但当空中支援到来时，已有 22 名士兵阵亡，47 名士兵身负重伤。汤米最终没能活下来。

他的三个兄弟杰克、唐纳德和凯文，组织了"纳罗贝克退伍军人互助俱乐部"的托马斯·米诺格分会，我们几十个人定期聚会缅怀他。我始终不明白为什么汤米·米诺格没有被授予荣誉勋章，该勋章由总统代表国会授予士兵，以表彰他们非凡英勇的行为。

我们失去的就是这样的孩子们。他们是如此年轻——十八九岁，二十出头。我 17 岁加入海军陆战队，到 26 岁的时候他们就认为我"老"了。1967 年我想再次入伍时，他们以年龄为由拒绝了我。

当时大家还不像现在这样支持军队。这个国家似乎并不感激军队所做的一切，因为这是一场不得人心的战争。美国人每晚都在电视新闻中目击战争的残酷。但我们年轻的士兵们觉得自己只是在履行职责。我并不是说每个人都热衷于去打越南人，但在我们这儿，那个年代如果你被国家号召去抵抗领导人所说的共产主义的传播，你就去。除了恪尽职守，你什么都不会多想。在因伍德，我们是从小每个周日弥撒结束时唱着《星条旗》长大的。我们领圣体后唱完拉丁赞美诗《羔羊颂》，接着会无缝衔接地唱国歌，就像一个联唱曲目一样。爱国情怀与宗教信仰紧密相连，异曲同工。

那些不想服役的人，就搬出了街区。如果我的想法也和他们的一样，我肯定也搬走了。就算跟儿时玩伴对约翰逊总统、威斯特摩兰将军或是麦克纳马拉国防部长的看法有分歧，我也不想因此就和大家交恶，毕竟我们只是对越战的看法不同，但大家还是邻居。在因伍德这里，人们可不会为了这些事上街游行。

我会在中央公园里看到抗议者，可就算我加入他们的对立面大声吼回去，又有什么用呢？什么都改变不了。但我确实想**做点什么**。我自己曾作为海军陆战队队员在海外服役，我知道如果驻扎在外的战友们从新兵口里或者家书中得知国内民众反对和支持战争的分歧，会感到非常沮丧。

对我们来说，当我们的人在越南战场拼死作战时，那些举着红黄相间的北越国旗在这里游行的人简直就是叛徒。无论我们对战争的看法如何，这么做都是错的。我们当时还不知道的是，我们自己的兄弟姐妹也在反战抗议者里面，而不久后越战老兵也会加入他们的行列。但上校并没有下去与反战示威者们争吵，他想要发起自己的"反攻"——直接前往越南，为我们的小伙子们提供积极支持。

"我们得去支持他们！"他再次喊道。

我很理解他的感受，但真的到越南去似乎就极端了点儿。我不能把我的海员证交给上校，而我最近"待在沙滩上"已经有一段时间了——这是海军俚语，表示没有出海执行任务的意思。我没什么事情做，就只和好友们一起逛逛、喝喝啤酒，而我们另一些朋友却在越南为国捐躯、负伤流血，随时面临危险。

我想，我有合适的身份证件，可以用平民的身份混进越南，而且我也有时间。也许我能做成这件事。不，不是也许，我必须做成这件事。估计会有执法人员阻止我，但我必须试一试。我必须放手一搏。

　　"是的，乔治，好的，"我说，"你给我一份这些人的名单，以及他们所在的部队，下次我过去的时候，会给他们带上一罐啤酒。"

　　这话说得有点轻率，但一切就是这样开始的。

第二章 收集名单

第二天，我走进酒吧，发现消息已经传开了。老老少少都带着写着服役部队名称和军队邮政地址的纸条和信件前来，他们的儿子、兄弟、堂兄弟正在越南服役。给在越南的士兵写信，只需在信封上写上他们所在部队的番号，并寄往旧金山，然后陆军、海军、空军或海军陆战队就能将信件送至士兵手中，而且信里不能透露太多细节，以防万一信件袋掉出直升运输机落入敌手，给敌人留下蛛丝马迹。但这些客人却告诉了我他们的孩子们去过的名称千奇百怪的地方：福隆省、平定省、波来古省、林同省。信息量太大了，我只能潦草地记下所有这些名字，然后把这些珍贵的纸片塞进口袋里。

在一片嘈杂声中，我看到了在前门边徘徊的柯林斯太太。她和儿子比利一起，或者我应该叫他"笑笑"。（一旦他开始笑，无论是修女还是警察对他怒目而视，他都停不下来，因此他得到了这个绰号。只有父母和代课老师才叫他威廉或比利。）"笑笑"从小学起就是我最好的朋友之一，所以我是认识柯林斯太太的，也知道她从不来酒馆。

然而，她的小儿子托马斯·柯林斯*却驻扎在越南。她一看到

---

* 即汤米·柯林斯。

我，就走到我身边，用她那动听的乡音说道："比利告诉我，你要去越南看我家汤米！哦，谢天谢地，有你真好，奇克！告诉我家汤米我有多么想念他！告诉他我每天都为他祈祷！"

她给了我一个拥抱，然后试图递给我 100 美元的零钱——她说，这些钱可以给她的儿子，或者给他买点喝的，我也可以用这些钱支付旅行所需的一些费用。但我知道，一旦我接过这笔钱，就必须要去越南了。此时的阳光冰冷而清醒，我开始犹豫，昨晚我到底答应了什么？我婉言谢绝了，那 100 块钱虽然很诱人，但我可不想莫名其妙地背负责任，然后在越南寻找汤米·柯林斯时送掉小命。

"柯林斯太太，"我说，"告诉我汤米所在的部队吧，我会找到他的。如果我找到他，我会告诉他你有多爱他。"

上校喊道："别担心，柯林斯太太！奇克会处理好的！他会去越南的！让我们为奇克举杯吧！"

"为奇克干杯！"人群欢呼起来，不过我也看到有的面孔上写满了怀疑。

上校又给我倒了一杯啤酒，我边喝边整理了一份名单，第一个就是汤米·柯林斯的名字。一些人走过来，告诉我他们所知道的战士的行踪。帕利·麦克法登给了我他哥哥乔伊所在军队的坐标。里奇·雷诺兹的一个兄弟是海军陆战队的少尉，他告诉了我他兄弟最近的位置。埃德·奥哈罗恩知道凯文·麦克卢恩在哪里。我和凯文曾经跟其他几个人一起，租了辆温尼巴格房车，从因伍德的钱伯斯酒吧去纽约，看巨人队的橄榄球比赛——那会儿是在洋基体育场主场，有时则是在几百英里之外。凯文曾随海军陆战队在越南服过役，现在他又以平民身份返回越南，帮直升机配备新的无线电技术，这技术使许多直升机躲过被击落的命运。

"里克·达根! 你得找到里克!"有人喊道。"他一直都在前线!"但没人知道里克现在在哪条战线上，所以我决定去问问他的父母。里克和我是在同一栋楼里长大的，那栋楼位于西曼大道尽头的死胡同里。他的父亲是附近唯一的共和党人，而我姑姑是民主党俱乐部的负责人，他们常拿这事儿开玩笑。里克跟我很亲近；和汤米一样，他也是我们常带着一起玩的小弟弟，他胆子比较大。我们从高崖上往斯派滕戴维尔河的浑水中跳水时，或是一起狂欢时，都会带着他。里克隶属于第一骑兵师，19 岁时入伍。我打算第二天去看望他父母，打听一下他的下落。我知道他的祖母把一瓶威士忌裹藏在一条"神奇面包"里寄给了他。*

当然，我也要想办法找到我的好哥们博比·帕帕斯，以前我们一起疯过一两次。他父亲在街区里开酒吧，所以我会问他是否有什么消息。博比当时 25 岁上下，已婚并育有一个孩子。他之前已经在美国陆军工程兵部队服过役，但还是被征召入伍了，因为约翰逊总统终止了肯尼迪总统不征召已婚父亲入伍的规定。我觉得这不公平。

我最后小酌了一口，就出门了。上校没有收我的钱，并喊道："上帝保佑奇克，上帝保佑美国!"一些人也跟着大喊："耶!""加油，奇克!"就好像上校已经给我下了命令，我立刻就要去执行任务一样。

不过唯一的问题是：我还是有点怀疑自己能否完成任务。

---

* 神奇面包(Wonder Bread)是诞生于 1921 年的美国著名面包品牌，20 世纪 30 年代售卖机器切片白面包，风靡全美。

第三章　启航

第二天，我来到位于第七大道和第十三街交会处的国家海事工会大厅。这个伟大的工会是 1936 年由一位勇敢的水手长*约瑟夫·"大乔"·柯伦创建的。库兰劝"SS 加利福尼亚"号**上的船员不要解开缆绳，除非每月工资能涨 5 美元。罗斯福总统的商务部长因此指控他叛变，然后整个东海岸的海员纷纷举行罢工，柯伦成了工会主席。除了争取到每周 40 小时工作制和福利待遇外，"大乔"还专门建造了招聘大厅，以杜绝工作岗位招聘中的腐败，促进劳动力队伍的种族融合。国家海事工会（现在的北美海员国际工会）对我和许多其他船员都非常好。

工会在曼哈顿西区的切尔西社区建造了三座现代建筑，其中包括我所在的这座船形总部，还有一个街区外的海员宿舍，那里有一百扇巨大的舷窗、一个游泳池、一间健身房和一些教室。现在这里是海事酒店。

20 世纪 60 年代，纽约还是一个繁荣的航运港口。在招聘大

---

　　* 水手长是船上负责日常甲板工作、船体维护、缆绳设备等的高级船员，指挥普通水手，直接听命于高级军官或船长。

　　** SS 即蒸汽船（screw steamship 或 steamship）。

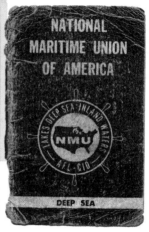

越南之行前两个月,我还优哉游哉的:赤着脚,光着膀子,头盔也不戴。

这是我的美国国家海事工会手册,我航海所需的资格证明全在里面。

厅,他们有块信息板,上面列着哪些船只停靠在港口,哪些职位有需求:消防员、机油工、水手长、甲板水手、机械师等等。如果你在岸上,准备回到海上,你就可以来这儿,和其他海员一起坐在礼堂里,工会港口代表就会喊出船只名字和目的地,就像这样:"'SS曼哈顿'号!驶向海湾!!"那是希腊航运大亨斯塔夫罗斯·尼亚尔霍斯的一艘油轮,将要驶回波斯湾加油。还有"'MS阿拉梅达'号!!!准备沿海航行!!!"*,这是一艘停靠在美国东海岸各港口的商船。他们不会给你很详细的描述。当时,报纸会列出哪些船只停靠在港

---

* MS 即机动船(motor ship)。

口。如果他们叫道"摩尔-麦科马克航运"*，或者我们所叫的简称"摩尔麦"，那么这艘船很有可能是从布鲁克林二十三街码头开往南美的。

如果你乘货轮去南美，可能当天下午就出发，一去就是四个月。咱们这儿大得很，港口多得很。在集装箱运输前，可能得花一个星期的时间卸货，为船上的四五个油箱加油，所以你总是知道一艘船离开的时间，却不知道它到达的时间。在美国，轮船可能先在布鲁克林取货，在费城停留装载更多货物，然后驶往巴尔的摩、诺福克、查尔斯顿、萨凡纳，之后才前往国外，在南美洲东海岸上下货，最后返回美国。你一回到美国，就能拿到工钱——全是现金支付的。

我突然听到了"胜利"这个词，顿时竖起了耳朵。"'德雷克胜利'号！"那个人又喊了一次，我知道它可能会开往越南。这些二战中的了不起的"胜利"号运输船都曾属于"封存舰队"，用"巴特沃思"洗舱机洗得一尘不染，又在越南重新服役，担负着从坦克到内河驳船等各种物资的运输任务。我跳了起来。

有人喊道："码头！"这意味着船即将离港。我快步走向大厅前部。船上还缺一名机油工，但时间很紧，即便人手不足，船也打算出发了。我具备当机油工**的资格，也就是在甲板下的轮机舱工作，是所谓"黑帮"中的一员，所以我当时就把名片扔进了一堆应聘者的资料里。我资历够老，在岸上也待得最久，就得到了这份工作。他们

---

* 摩尔-麦科马克航运公司 1913 年成立于纽约，在 20 世纪上半叶运营着大量货船和客船，往返于美国、欧洲和南美洲之间。
** 机油工（oiler）是在轮机舱工作的技术水手，负责润滑和维护发动机部件。

让我从招聘大厅直接上船。情意绵绵的告别仪式就别指望了。

我没有时间回趟家。保险起见，我特意随身带了个旅行包。我匆匆赶到第十四街，买了剃须刀和几双袜子这种必需品，统统扔进包里，然后就匆忙赶往市中心的港务局客运总站，搭乘公交车去码头上船。"德雷克胜利"号停靠在斯塔滕岛以南几英里处的新泽西州莱昂纳多。那里有一个1英里长的码头，有三个"手指"一样的小码头伸到拉里坦湾里。

当我到达时，一眼就看到了"德雷克胜利"号，它在阳光下闪闪发光，全长455英尺，壮观无比。看着那艘船，我心中充满了自豪。二战期间，美国仅用21个月就在六家造船厂造出了531艘"胜利"号运输船。这些运输船有着锐角状的倾斜的船首和独木舟式船尾，再加上强劲的蒸汽涡轮发动机，其马力达到了之前"自由"号运输船的三倍。凭借这些优势，这些航速更快的运输船能够更好地躲避德国U型潜艇的鱼雷袭击。在整个二战期间，U型潜艇共击沉了138艘"自由"号运输船和2 825艘商船。

码头附近有一家酒吧。我跑进去，让酒保给我一箱啤酒。当我告诉他我要把啤酒带去哪里时，他给了我非常优惠的价格。我请他把纽约的本地品牌装进来，比如蓝带、谢弗、舒立兹、皮尔森、百龄坛和莱茵金啤。我知道，自南北战争以来，美国军人就离不开啤酒。我作为船员已经去过两次越南，一旦到了那边，我就可以用百威和米勒等美国大品牌来补充我的啤酒储备，这一点我很笃定。不过我想带一些来自家乡的最受欢迎的啤酒牌子。我大老远跑一趟，肯定不会就是为了给他们买西贡当地的劣质啤酒。现在那里的啤酒已经不错了，但在越战期间，可能一瓶啤酒闻起来像醋，而另一瓶像甲醛，还有一瓶像哈勒姆河的臭水，然后你才可能喝到一瓶好啤酒，所以你得一次喝个三四瓶。

一个码头工人看到我跑得飞快，主动提出用他的车载我一程。我瞅见码头上有个公用电话，就说："谢谢你，伙计，我能先打个电话吗？"他说"没问题"，然后就在一旁等着我。

我投了 10 美分，拨通了我父母在新泽西州的电话，他们从因伍德搬到了那里，以便住得离我父亲的两个工作地点更近一些。他们完全不知道我要离开。电话响了四声，我正担心家里没人的时候，就听到妈妈的声音说"喂"。

"妈，嗨，是我，奇克。"

"奇克！你还好吗？"

"是的，妈，我很好，但我又要出发了，我就是想跟你道个别。"

"奇克，你要去哪儿？"

"嗯，亚洲，妈，你知道，就像我以前在海军陆战队一样，我要去一艘漂亮的老式翻新二战'胜利'号运输船上服务。告诉爸吧，他一定很喜欢的。那是一艘承包给海军的货轮。"

"你不能等到感恩节过后吗，奇克？我要做蘑菇馅的火鸡哦。"

"我的最爱啊！帮我留点在冰箱里，妈，我回来就能吃到了。再加个火鸡腿。船要开了。"

"行，那你小心点，奇克。别做傻事，有机会就寄明信片给我们。"

"好的，妈，你也保重。我会在你说'Go *raibh an ghaoth go brách ag do chúl*'之前回来的。"她知道这在我们古爱尔兰语中是"一路顺风"的意思，这让她笑了一下，让我觉得很开心。

我没敢提越南。我以前也曾在临行前一刻打电话给她，但这次不同：我第一次感到有点害怕。我以前作为船员去过越南，但大多待在港口，没怎么进入内陆。这次不一样，我将深入内陆，不知道会遇到什么。这种感觉持续了两三分钟，但这是我唯一一次担心自己可能回不到他们身边。是的，我害怕了，但我知道我必须试一试。

我跳上码头工人的车，他就飞快地出发了。"德雷克胜利"号马上要启航了，当它启航时，我已经站在甲板上。随着一声长鸣，我们扬帆出海，向南驶往巴拿马运河，开始了旅程。

嗯，这么一来，**我算是上路了**。就算我不能成功，至少我也可以说我尝试过。

第四章　越南之旅

　　弹药船跟游轮不一样，它们不会在迈阿密或坎昆停留。它们驶向领海以外的大洋，沿着海岸线航行，但远离繁忙的城市港口。因为谁也不想把一艘装满炸弹的船停靠在大港口，万一这艘船在海上爆炸，至少不会祸及周围船只和岸上人员。我们离开美国，向外海航行了大约 25 海里，然后向南航行。

　　海况良好的情况下，弹药船的最大速度约为 17 节；我们通常以 13 节左右的速度巡航——换算成在陆地上的速度大概是每小时 15 英里。因此，我们花了五天时间才抵达巴拿马运河大西洋一侧的科隆港。"德雷克胜利"号从那里起请了一位运河领航员，带着它穿越这条长达 48 英里的人工水道，前往巴拿马太平洋一侧的巴尔博亚。在那里，我们给它加满了船用燃油。"德雷克胜利"号的宽度几乎达到了运河通航尺寸的上限，看着它穿过 110 英尺宽的船闸，真是令人惊叹。整个过程花了一天多的时间，船长让我们上岸休假。

　　我们中的一些人乘坐了色彩鲜艳的巴拿马运河铁路列车，铁路沿着运河，穿过地峡，驶向巴尔博亚。当年私掠船长弗朗西斯·德雷克爵士就是在这些山丘上冒险越过西班牙主岛，爬上山顶的一棵树，成为第一个看到太平洋的英国人。我猜想"德雷克胜利"号就

我登上一艘由二战时期的胜利轮改装的货船"德雷克胜利"号,开始了我的越南之旅。航程从新泽西的莱昂纳多港出发,目的地是越南归仁港。56天的时间里,我一路南下大西洋,经过巴拿马运河,横渡太平洋。我去越南时,只带了照片里的褪色牛仔裤和格子衬衫,原本只打算在那里待三天。到航程结束时,可以说我闻起来已经"清新"无比了。

是以他的名字命名的。他很快就劫掠了西班牙船只,船上满载着西班牙人自己的掠夺物:成吨的印加帝国的白银和黄金。德雷克是第一个提出"船长在船上拥有绝对权力"的法律概念的人,因为他不喜欢他的副船长——一位与英国女王伊丽莎白一世关系密切的贵族,于是他干脆诬陷对方使用巫术,并将他斩首。这就是我不喜欢船长的原因:他们拥有绝对的权力。

即使在那时,在我当挖掘工之前,我对巴拿马运河的工人们取得的成就也感到无比震撼。他们仅仅用铁锹、双手、炸药和几台20世纪初的蒸汽挖掘机,就完成了这项壮举。他们必须凿穿美洲大陆分水岭上的锯齿形山脉,修建水坝来引湖水。我读到过,他们挖出的土方量是80年后修建英法海底隧道时挖出的25倍。这条英吉利海峡下方的隧道,长达31英里,连接了英法两国。

根据国家海事工会的规定,我们可以在上岸前领取一半工资作为预支款。当时美国的经济非常好，美元在巴拿马很值钱。当晚，我们在巴尔博亚度过了一段美好时光。我尽情狂欢，就像这是我最后一次旅行一样，而且我觉得可能就是最后一次。不过，我还是感到欣慰，因为那时我还没有结婚，也没有孩子。年轻且无牵无挂时，你不会担心死亡。

我们回到了"德雷克胜利"号上，开始了横跨太平洋前往越南的一个月的航程。尽管费时较长，但我们还是大部分时间沿着赤道航行。因为我们的货物是弹药，所以必须远离航道。我们没有看到任何船只、飞机，也没看到任何岛屿。

这艘运输船曾属于"封存舰队"，自二战后就没有载过一个船员。实际上，船上有几个人曾在二战中服役，他们退休后又被请出来，向年轻人展示如何驾驶这种战舰。他们中的一些人曾有过失去战友的经历，在德国潜艇在欧洲、亚洲甚至美国沿海击沉他们的船只后，他们靠橡皮艇和救生艇幸存下来。U 型潜艇击沉了 175 艘于弗吉尼亚、佛罗里达、路易斯安那、北卡罗来纳以及更多西海岸港口出发的商船。这些船载有弹药、设备和补给品等重要物资，将其运往欧洲。事实上，根据商船水手历史学家托尼·霍罗迪斯基的研究，二战中商船水手的伤亡比例比任何军种都要高，达到了 9 521人。然而他们没有得到过任何表彰，也享受不到《退伍军人权利法案》的福利，甚至不得不在 40 多年后，也就是 1988 年，才通过诉讼获得退伍军人管理局的福利待遇。

船上是一个百分之百的男人世界。不存在"嘿，说话文明点"之类的情况。因此，从第一次工会会议开始，大家就在划定自己的地盘。我当选了船上的工会主席。这一点都不难：没有别的人愿意填写表格。多年来，我了解到船长们对工会代表会比较宽容。他们不想被投诉，也不希望发生任何事情，被卷进听证会的官僚制度中去。我觉得这有利于我安排到达越南后的下船时间，这样我就可以做我要做的事情。

作为船上的工会主席，我宣布由所谓的"黑帮"来负责轮机舱和周边区域，而船上乘务员则负责打扫军官舱房、普通士兵舱房（又称"前舱"，水手们睡觉的地方）以及主甲板。有人一个人就住了整间四人床的舱房，因为在二战期间，一艘"胜利"号上可能有70名水手，而我们只有23名船员。

负责管理乘务员的厨师却不喜欢这样的分工。他身材魁梧，体格彪悍，身高约6英尺4英寸，一头蓬松的非洲卷发上戴着厨师帽。"我才不会让我的工人为一群甲板猴子打扫卫生！"他大叫道。虽然后来我们解决了这个问题，但在航行过程中，一旦涉及谁负责打磨、谁负责油漆、谁负责做这做那的时候，各部门之间的关系还是有点紧张。

有一天早上晴空万里，离陆地大约有1 000英里，我们这些没照看轮机舱的人都跑到了甲板上。天空中没有一架飞机，地平线上也看不到另一艘船，浩瀚的太平洋上就只有我们。突然前部一个舱盖冒出了滚滚浓烟。舱盖是一个长方形的木制开口，大小和一辆汽车差不多，盖着帆布，防止雨水和海水灌到甲板下，但现在它烧起来了。

"着火了！"有人喊道。但我们不知道火源在哪里。起火的可能是盖住舱门的帆布，也可能火势已经蔓延到舱内。而我们正站在一艘满载上万吨弹药的轮船甲板上。如果火势蔓延到弹药舱，我们都会被炸上天。

厨师、工程师、水手长和甲板水手都拼命向起火处奔去，一起灭火。没有人问："这是谁的职责？"大家都想着："现在所有人一起灭火！"我们也这样做了。在航程剩下来的时间里，我们都互相帮助。

在运输船绕赤道带漫长而缓慢地航行的过程中，我整天都在照看船上那台8 500马力的伦茨蒸汽机，给它的巨轮和所有其他活动部件上油。时间随着海浪的节奏流逝。来商船上当海员的人都很坚强，因为在海上会很孤独。也许这恰恰是他们中的一些人来当海员的原因，就像那些曾经为了忘却某人而加入法国外籍军团的人一样。但一般来说，海员都是热爱大海的人。你必须热爱大海，胜过热爱与家人在陆地上的"正常"生活，因为你经常要离开很长一段时间。

除了右舷偶尔能看见鲸鱼、左舷偶尔看见些别的什么大鱼外，船上实在没有什么可看的。其他时候，唯一打破一天沉闷节奏的，可能就是标志着轮班结束的喊声。上四小时班，休息八小时，再上四小时班，日复一日，连续数周。如果可以的话，你会希望总能加班，因为基本工资只有每月300美元左右，按现在算的话是税前约2 218美元，而加班可以提高收入。在这趟航行中，我干了很多两班倒的活，但主要不是为了赚钱；与我调剂工时的海员们同意在我上岸旅行时帮我顶班。偶尔大家也玩玩拉米牌或二十一点。有时，我会走到甲板上，凝望着一望无际的地平线，大部分时间都在思考前方等待着我的会是什么。

有一天，我在甲板上，思绪忽然飘到了日本，也许是因为加入海军陆战队后，我曾乘坐运兵船"USS休·加菲"号到过那里。军队分配驻地就像抽奖一样，当然，你的命运也受到是和平时期还是战争时期的影响。有些人在加州马里布度过了整个二战服役期，另一些人则被派驻到美国陆军航空兵部队位于加拉帕戈斯群岛的一个秘密基地。那里美丽而充满异国情调，英国博物学家查尔斯·达尔文就是在那里研究稀有的巨型海龟，并发展出了他的进化论。我的兄弟比利在我入伍的前一年加入了海军陆战队，在北卡罗来纳州待了三年。越战前，我曾在菲律宾的丛林和古巴关塔那摩服役过五个月。

我还曾在日本服过役，可以说是抽中了大奖。在那里，我爱上了一位名叫美智子的美丽女孩，这给了我学说日语和了解亚洲文化的动力。这后来在越南变得非常有用。我正做着白日梦、想着美智子的时候，突然听到有人喊："陆地！""德雷克胜利"号上所有空闲的甲板水手都争先恐后地跑上去一睹为快，我也回过神来。果然，那里就是陆地：虽然看不到棕榈树或小屋的轮廓，但确实是陆地，没错，是一片深绿色的土丘，矗立在遥远的天边，海天交接的地方。

"可能是菲律宾吧。"有人说，听起来有点惆怅。他是对的，因为几天后，也就是 1968 年 1 月 19 日，在海上航行了八个星期后，我们在南越归仁港抛锚停泊。

我的街坊邻居们就在那儿的某个地方，现在是时候去找到他们了。

第五章　泊于归仁

出于安全考虑，我们没有被告知登陆地点。15 世纪早期，明朝三保太监郑和下西洋时，曾在归仁港停留，当时郑和的船队满载着宝石、黄金、瓷器，甚至还有长颈鹿，正从明成祖委托的航行中归来。如今的归仁，是距离西贡东北方向 400 英里的省会城市，这里的宝藏变成了石油——这是美国军队将远洋货轮运来的石油制品转运到巨型油罐的主要地点，那些油罐我正可以从山坡上看到。

这些货轮简直是工兵的完美目标，工兵会往船壳上安放炸药，而汤米·柯林斯作为一名宪兵的任务就是守卫这些船只。我们的货物将由停泊在港口外的船上的吊车卸到驳船上，我们海员在整个卸货过程中都不能下船。我希望我的计划能成功，船长能破例一次让我上岸。

要知道，我通常不喜欢船长。我总体而言很不喜欢权威人士，但尤其不喜欢船长。除非有必要，否则我连话都不跟他们说。我遇到的船长们通常更像詹姆斯·卡格尼在电影《罗伯茨先生》中饰演的独裁船长莫尔顿，而不是汤姆·汉克斯在《菲利普斯船长》中饰演的高尚船长理查德·菲利普斯。

有一次，当我们将货物运到金兰湾空军基地时，我们的一名水手得了黄疸病，船长拒绝让他上岸治疗。然而，仅仅几个小时后，船长的杜宾犬跳下舱口摔伤了，他立刻命令一艘救生艇下水，并派两名船员把狗送到基地医务人员那里。

船长准备去看他的宠物狗时，把我们都叫到了甲板上。

"我要你们把我们用来加固货物的木头全部卸下来，装到码头尽头的军用卡车上，"他粗声粗气地命令道，"完事之后，别想着离开。等你们把货舱清空后，还要把它打扫得干干净净的。"说完他就走了。

我们当中一些人做的第一件事，就是把同伴送到基地的医务室。

我们接下来做的一件事是卸下这艘巨轮上携带的 50 张备用床垫。我了解到，基地里的年轻飞行员睡的都是行军床，在酷热的天气里肯定翻来覆去睡不着。我把情况跟我的海员同伴们解释了一下。考虑到我们的船员人数不多，他们都同意我们应该把这些还没拆包装的丝涟美姿感应床垫装上军用卡车，然后用木材盖在上面。船长肯定要等到船回到港口，货主发现床垫不见了才会察觉。到那时，我们早就走了。

不过平心而论，我也不只针对船长，老师们也不都喜欢我。我的习惯是，每当我们抵达港口，就会尽情享受这座城市的一切。这不就是周游世界的意义所在吗？诚然，也有一些时候我是被警察押回船上的。比如在南非德班的时候，我因为在一家"仅限有色人种"的俱乐部喝酒，被六名警察铐上手铐逮捕了。实话跟你说，那里的舞蹈比白人的"种族隔离通宵秀"有趣得多。

这一次，我甚至不确定他们是否会允许我们这些船员在越南下锚停靠后下船。我曾在战争港口工作过，我们在港口中央用吊车把货物，特别是危险货物卸到驳船上，而我们只能远远凝望着岸上。如果真是这样，我希望因为我的工会主席身份，船长能睁一只眼闭一只眼。我必须要在越南下船。

我还了解到，船长唯一关心的事情就是船上的工作能完成，并且其间没人打扰他们。

我们在归仁港下锚停泊后，我就去找船长。他注视我的眼神满怀戒心，因为一路上我们几乎没说过一句话。

"船长？"

"什么事，多诺霍？我这儿忙着呢。"

"嗯，长官，我不知道您是否知道，我有个继兄弟正在越南服役……"

"我怎么会知道？"

"当然，您不知道，船长，但不管怎么说，我们家出了点可怕的状况，我必须得亲自告诉他这消息，毕竟他在这里的压力已经够大的了，而且……"

"你在耍我吗，多诺霍？你真的很想去妓院，我说的对吧？"

"不，不，不，船长！这真的是个毁灭性的消息，我真的必须当面见到我的继兄弟，否则这个消息可能会让他受不了。"

我不想撒谎说"我们的母亲得了癌症"之类的话来咒我妈，而且我说的是**继兄弟**，以防船长查出姓氏对不上。

果然，他只关心工作。

"那轮机舱怎么办？"他怒气冲冲地说。虽然我们是下锚停泊了，但它仍然需要维护。为了凑够这次探亲之旅的时间，我已经与同伴们调换了九次班。

"别担心，船长，"我说，"接下来三天，我的班次都有人顶了。"

这就是我以为完成任务所需要的时间，说实话我当时有点天真了。

他似乎停顿了很久。最后，他冒出一句："好吧，多诺霍。但你最好在周一 8 点前回到甲板上，明白吗？"

"好的，长官，谢谢您！"

"还有，多诺霍，**别把命丢了**。我可不想到时候还得去填那么多的文件。"

第六章　寻找"笑笑"的弟弟

　　如果我真在岸上遇难，船长可就有的解释了。不过，我之前来过越南两次，那时候越南就跟布朗克斯区一样危险，你只要避开某些区域就行了。我原本以为完成任务只需要两三天。

　　我走下舷梯，来到船上巨大的冷藏室，在冷藏室深处翻找。我从纽约带来的啤酒还藏在里面。将近一箱美国老牌子的啤酒将是个不错的开头。我把它们和剃须刀、袜子一起放进了背包，然后搭乘水上出租艇穿过归仁港来到对岸。

　　水上出租艇刚送来一些陆军宪兵去守卫"德雷克胜利"号，现在正载着另一批宪兵去港口的另一艘货轮。在归仁的宪兵负责城镇巡逻，并看守陆上的战俘营，但他们也负责保护货轮，因为货船可能会被拿着自动武器的家伙们劫持，他们乘坐的是一种被称为舢板的遮蔽式平底小船。就像美国海军"卡德"号反潜舰艇的遭遇一样，这艘曾经在二战期间击沉 11 艘纳粹 U 型潜艇的军舰，1964 年在西贡港被一名蛙人用黏性炸弹炸出一个 30 英尺的大洞沉没了，造成 5 人死亡。

　　我看到他们的头盔侧面印着显眼的黄绿色剑斧徽章，那是第 127 宪兵连独有的标志。那就是汤米·柯林斯所在的部队。

我们的小艇出发时，我问他们："你们碰巧认识汤米·柯林斯不？"汤姆·科林斯这个名字太常见了，我又补充道："从纽约来的汤米·柯林斯？"

"认识啊，我们认识柯林斯，"其中一位宪兵回答道，"说来也巧，我们现在就是去跟他换班，他就在那边那艘船上。"

他们指了指另一艘美国货轮。

他们不会是在耍我吧？我不可能那么幸运吧？

"那你们能带我去见他吗？"我问道。

另一位宪兵回答说："当然啦，没问题。"

我们飞快赶到货轮上，正如诗人所说，"映入我惊奇的双眼"的，正是汤米·柯林斯的身影，他就站在甲板上，等着人来换班。

"嘿，柯林斯！"我大声喊道。"汤米！"

汤米向下望了一眼小艇，吃了一惊。"**奇克**？！"他从舷梯上飞快跑下来，一把抓住我的胳膊，好像要确认我是不是真的。自从我上次见他后，他看起来更高、更壮了，他满脑子都是疑问。

"奇克！这不是开玩笑吧？你怎么到这儿来的？你疯了吗？**你小子在这儿干什么**？！"

我从背包里拿出一罐啤酒递给他。"这是上校、我和菲德勒医生酒吧所有的人带给你的，"我告诉他，"我们大家伙儿商量了一下，觉得应该有人过来请你们喝一杯，感谢你们所做的一切。喏，我来了！"

这时我想起了柯林斯太太，那天她专门在酒吧等我。"哦，你妈妈说你最好给她写信，让她知道你没事。"

汤米仰头大笑。他满脸疑惑，一副活见鬼的样子。随着船驶入港口，我说："来吧，伙计，打开它。这罐可是冰镇的！"汤米打开啤酒，咕嘟咕嘟一口气全喝了下去。我想大概是这个惊喜让他镇定下来，因为他眯着眼看着我，又忍不住哈哈大笑起来。

"你穿的是什么鬼东西啊，伙计？"他问道，"白色牛仔裤加彩格衬衫*？你是要去打高尔夫吗？！"

汤米说得没错，我确实有点引人注目。我套上了在轮机舱里能让我凉快些的衣服，并没有真正为越南之行准备旅途服装。

小艇靠岸后，我和汤米一起去了他的基地。我们坐着敞篷吉普车，穿过繁华的归仁市区。我看到了著名的塔瑞占婆塔群杂草丛生的遗址，塔上还有几个世纪前由印度教徒雕刻的半人半鸟的迦卢荼神像。印度教徒，无非又是一个曾经统治过越南、最终败给信儒教的皇帝的外来势力罢了。

附近，身穿宽松浅色武术服的年轻女子正在表演着令人难以置信的杂技动作。她们练习的是一种女子防身术，训练女性如何四两拨千斤。在另一个院子里，身着黑色武术服的男人们也在练习自卫术，挥舞着各种能想到的武器，像李小龙一样：宽刃剑、长矛、耙子、锤子、链子鞭，甚至还有干草叉。我真希望这些女人不必与这些武装的男人交手。

当我们到达汤米的营房时，他的室友们简直不敢相信我竟然大老远跑来给他送啤酒。

"没错儿，伙计们，"我告诉他们，"我也请你们喝。"我兜里装着当商船水手赚来的加班费，感觉可阔绰了。

---

* 原文为马德拉斯格纹衬衫（madras shirt）。

宪兵汤米·柯林斯(右)是我在归仁港找到的第一个朋友。和他站在一起的是吉尔·拉尔彭特，拉尔彭特也是宪兵。我永远都不会忘记汤米见到我时的表情："奇克，你小子在这儿干什么?!"他后来在"春节攻势"中见证了激烈的战事。(图片来源:汤米·柯林斯)

他们现在都下班了，所以我们跳上了几辆吉普车，返回归仁市区。路上挤满了自行车和轻便摩托车，由于几乎没有红绿灯，为数不多的几辆汽车一直按着喇叭。我们驱车穿过喧闹的人群，来到一家热闹的酒吧。这里点着红灯笼，亮着频闪灯，婀娜的年轻女人们穿着传统的丝绸奥黛，这些奥黛裙经过了大幅改动，原本及地的长裙变成了超短裙。她们随着 B-52 战略堡垒轰炸机一般震耳欲聋的美国音乐，在吧台上跳着热舞。

　　我们坐了下来，看到六位宪兵和一位神秘男子、几位女士慢悠悠地也走了过来，和我们坐在一起。

　　"你想请我们喝杯西贡茶吗，士兵？"其中一个女人问汤米的战友。西贡茶是这些女人们卖的兑了大量水的"酷爱牌"饮料，一杯要 4 块钱，她们自己也会喝，因为老板希望她们保持清醒。这是你让她们陪你坐的代价。我给年轻女士们买了西贡茶，男士们则喝啤酒和烈酒。

　　有趣的是，要是我们回到家乡，他们中有些人还没到合法饮酒的年龄呢，除了来自纽约、佛罗里达或者其他几个南方州的那些人。直到 1971 年美国宪法第二十六修正案通过，联邦政府也还认为这些年轻人虽然已经到了为国捐躯的年龄，但还没到可以投票的年龄。

　　没过多久，当我和汤米告诉他们我们过去如何在斯派滕戴维尔河里裸泳，并且对着环线观光船上的游客们露屁股时，他们都放声大笑。他们则向我们讲述了他们自己的遥远城镇的故事。在军队中，你会遇到农民和贫民窟的人、冲浪者和工厂工人、教师和卡车司机，从底特律到爱达荷州的犄角旯旮都有。真不敢相信我们都来自同一个国家。

女人们虽然很会调情，但今晚的目的可不是这个。汤米、其他宪兵和我玩到很晚，直到酒吧打烊。然后我们返回军营，用我从酒保那里买来的一箱"外带"酒水在营房里继续狂欢。

隔壁扎营的是韩国军队的士兵。韩国是美国最大的盟友，在战争期间提供了 32 万军队。尽管已经很晚了，但韩国士兵还在外面训练：还是武术。他们真的很执着于防身术。事实上，在 1964 年派往越南的首批 140 名韩国士兵中，有 10 位是跆拳道教练。

我们静静地看着他们，喝了一会儿酒，这时汤米说："嘿，奇克，我们来唱几首老歌吧，就像我们以前在公园里唱的那样。"

在因伍德山公园，我们常常坐在台阶上，喝啤酒、唱歌、讲故事、开怀大笑，那种和朋友在一起的融洽感觉妙不可言，这种感觉是独处时无法体会到的，爱尔兰人称之为"craic"，美好时光，发"crack"的音。所以，我们在这里，在小营房外做着同样的事，聊天、唱爱尔兰歌曲：

> 当英格兰还没崛起,爱尔兰就已存在,
> 当英格兰走向灭亡,爱尔兰还将存在!

然后继续：

> 我和约翰尼·麦克尔杜还有麦吉,
> 两三好友去狂欢!
> 揣着酒钱一两镑,花钱咱们最在行,
> 啤酒和威士忌杯莫停,我们欢乐无忧虑!

这首歌的歌词很长，到最后连来自密西西比的士兵都跟着哼唱副歌了。猜猜我们有多吵吧，因为突然间，一位年轻的中尉走出来，冲着汤米和其他人吼道："**士兵们，你们这是在干嘛?!**"

他们拼命立正站好，但我还是坐在那里。

我不知道自己哪根筋不对劲，但我用一种不容置疑的语气对他说："中尉! 你凭什么质问这些士兵?! 我们今晚是来执行特殊任务的，我建议你回营房去! "

中尉转身朝我走来，好像要把我撕碎一样。但他突然沉默了，转身走回了营房。

"这样也行?! "汤米惊呼道。

那件事是我在越南遇到的许多类似情况中的第一次，军官们会对我毕恭毕敬，起初我完全不明白这是为什么。后来有一天，有人告诉我："你还不**明白**吗，伙计? 他们以为你是中央情报局的人! 不然你干嘛会在这里? 居然还穿着牛仔裤和格子呢衬衫! "

二战中的战略情报局就是中央情报局的前身，中情局特工早在20 世纪 50 年代初就已进入越南，当时越南仍处于法国统治之下，就像格雷厄姆·格林在《安静的美国人》中描绘的情形一样。但是，当法国人在 1954 年奠边府战役中被北越将军武元甲的部队惊人地击败后离开时，中情局特工开始了一项秘密行动，将越南人转入反共阵营。领导这一行动的是中情局心理战大师爱德华·兰斯代尔，他被认为是《丑陋的美国人》的原型。1968 年，中情局特工仍然是美国战争行动中无处不在的一员。我并没有故意假扮特工欺骗那些军官，但"中情局效应"会在接下来的日子里帮我大忙。

反正小伙子们也已经累了，只能偷偷回房休息几个小时，所以我们决定这个晚上就到此为止了。汤米给了我一个睡袋，我就在他们的营房里过了一夜。没过多久，我们就听到了起床号的声音。

我说："好了，汤米，我要走了，我要去北边找里克·达根。"大家上一次听到的消息是，里克在安溪，那是中央高地的某个地方。

"你怎么到得了**那里**呢？"

"哦，不用担心。"我说。

他不知道我前一晚在酒吧和一个得克萨斯人做好了安排。"你想一起去吗，汤米？"我问道。

他回答说："如果我能去的话，当然可以！"然后，他把我带到了他的军士长的办公室，那是一间位于"昆塞特"牌军用活动房屋*内的办公室。

"长官，"我说，"我要去中央高地找我的继兄弟，因为我要向他传达重要的家族消息。我们家的朋友托马斯·柯林斯愿意护送我。"

军士长上下打量了我一番，然后皱着眉头看着汤米。

他回过头来对我吼道："柯林斯唯一要做的就是把他自己送回港口。你可以继续走你的路，不管你在搞什么。要知道，在这个国家，没有命令你哪儿也去不了。我可以放你一马，但下不为例，你该庆幸我这么好心。"

我们走了出来，我看得出汤米很失望，因为我们不能一起到北方去和里克搞个街坊聚会，但他还是用他惯常的乐观掩饰住了。

"嘿，我们尽力了，奇克！"

---

* "昆塞特"牌拱形铁皮屋（Quonset hut）是一种半圆筒形的预制钢结构建筑，起源于二战时期的美军，为快速搭建、易运输的临时设施。

"是啊，我们可不想让那些工兵发现归仁最好的宪兵不在岗。"

这让他笑了。我给了他一个大大的拥抱，就上路出发了。我搭上了韩进海运公司卡车司机的便车，他是一位由美国雇佣的韩国平民司机，负责将弹药运往前线。他们是一群非常勇敢的人。

"一路平安，奇克！"汤米喊道，和我们一起狂欢的其他人也挥手告别。

"我们回老家见，汤米！"

我祈祷着一切顺利。不过，我感到很乐观，因为我还没刻意找汤米的时候就找到他了。这到底是运气还是天意，我至今也不知道，但幸运之光照耀着我们。

第七章　得州人永远不在乎命令

那天在归仁的酒吧里，汤米和我与一位来自得克萨斯州的沉默寡言的中士一起喝酒，他的军装上有臂章，图案是黄色背景上的黑色马头，这是美国陆军第一骑兵师的臂章。里克·达根曾在第一骑兵师 B 连服役。其实第一骑兵师在二战中期之前一直是美国陆军的一支骑兵部队，但现在士兵们已经告别了马匹，转而驾驶直升机作战了，足足有 600 架直升机。第一骑兵师拥有世界上规模最大的直升机部队。

我问中士："你知道 B 连在哪里吗？"

他回答说："知道啊，他们在高地。怎么啦？"

"嗯，我的继兄弟在那里，我想找到他。"

得克萨斯人慢吞吞地说："其实，你为什么不跟我来呢？我们有飞机。"

我明白了，骑兵师的飞行员和机组人员拥有自己的飞机，而且更加独立于他们的上级。

他就是机组长。我告诉他，我在海军陆战队服役的时候，大部分时间都是搭乘洛克希德公司的 C-130 "大力神" 运输机。这种巨大的四发涡桨直升机能够运载 20 吨的士兵或货物。但实话实说，我是没有军事命令的。

得克萨斯人根本不在乎命令。

"你可以跟我们一起走,"他说,"我们明早有个送信的任务。你0800时到归仁机场,我送你去那里,小子。"

翻译一下就是:早上8点钟。在与汤米·柯林斯欢庆重逢到深夜之后,这可有点难度。幸好韩进公司的司机也在赶时间,他要给一架飞机运送货物,所以一路狂飙。

我们及时赶到了停机坪。那里除了简易的木楼、沙袋掩体和一些帐篷外,没有什么其他的东西。这简陋的背景,衬托着停在那儿的那架宏伟的闪闪发光的飞机:格鲁曼公司的"信天翁"水上飞机,这种机型因其性能可靠,在越战期间被美国空军、陆军、海军和海岸警卫队广泛用于执行搜救任务。停机坪上,得克萨斯人就站在飞机旁,他比坐在酒吧凳上时看起来还要高大。

"该死!"他惊叫了一声,"你总算来了!太好了,伙计,上机吧。"

他让一群人上了飞机,我也在其中。我感到幸运极了。我们就这样起飞了。这是我第一次在越南坐飞机。我看到了归仁外巨大的佛像,它凝望着这片饱经战火的土地。从空中望下去,绿树覆盖的山顶显得一片平静。但我知道,那片密集杂乱的灌木丛中发生着的事情毫无平静可言。越南小说家保宁曾为北越与美军作战,多年后他在《战争哀歌》一书中写道,越南人深信丛林中游荡着所有阵亡战士的灵魂,无论他们为哪方而战。

我们向西北方向飞行了大约40英里就到达了中央高地,很快在嘉莱省的安溪降落。我下机时,对这位得克萨斯人千恩万谢。其他飞行员将邮袋扔出机舱外,"信天翁"就立即飞走了。

我环顾四周，几乎看不到什么人了。第一骑兵师的 B 连已经走了。

剩下的人寥寥无几，他们收起邮袋，告诉我他们的连队当天一大早就出发了，前往靠近北越边境的非军事区附近。第一骑兵师的人可以乘直升机飞往任何地方，所以我徒步甚至乘坐吉普车都根本追不上他们。非军事区在北方约 200 英里处，在北纬 17 度线上。他们这会儿可能在任何地方。士兵们说，他们的补给士官和其他一些人还在收拾东西，大概 1 英里路程。我徒步走到那里，找到了那位士官——他看上去快 40 岁了，可能是职业军人。

"你认识里克·达根吗？"我问道。

"谁在找他？"他反问道。

"我是他的继兄弟。"我说。这并不**完全**正确，除非兄弟情谊算数。"我必须得找到他。你认识他不？"

"认识啊。"

"他在这里驻扎过吗？"

"驻扎过啊。"这位士官看起来就像在 12 岁时就已经阅历一切了，而且很多经历肯定都糟透了。

"嗯，你知道他现在在哪儿吗？"

"达根和连队其他人都到北边去了。"

"北边哪儿呢？"

"我也不知道具体在哪里，"他回答，"反正就在**北边**。"

我真的失望透顶，我猜他也看出来了。过了一会儿，他态度缓和下来，说："这样吧，你可以给他写封信，他们今天下午可以交给他。"

"你不是说不知道他在哪儿嘛，那你今天下午怎么给他送信呢？"

"当然可以送信啊！"他大声喊道，听起来很不耐烦，"我们下午 1 点就有分发邮件的任务！"他的话听起来更像是："**居然还有人不知道吗?!**"

于是，我说："嘿……**我**能参加下午 1 点的那趟送信任务吗？"

他面无表情地盯着我，说："你都找到**这儿**来了，还问什么?！"

听他这么说，我就当他是同意了。当时已是中午 12 点，时间不多了。

第八章　在安溪遇到的好心人真眼熟

　　我匆匆向安溪方向返回，急着赶回停机坪。我独自走在丛林中的一条土路上。他们封锁了道路，整个部队都走了，所以路上没什么车。事实上，路上什么也没有：沿路看不到一间棚屋，也不见人影。听到发动机的声音后，我转过身，看到一辆吉普车正朝我驶来。我挥手示意它停下来。

　　吉普车上有三个人，司机穿着平民穿的工装，另外两人穿着军装。他们在我前面停了下来。司机说："上车吧。"他甚至没有转过身来。于是我跳进了后座。

　　"我们得快点赶到村子里去，伙计，"这位好心人边开车边说，"不过这里有个重要的规矩：绝不丢下任何一个美国人。你要去哪儿呀？"

　　"北边，"我回答道，"我在找人。"

　　"找人？！这荒郊野外可真是找人的好地方。"他说。

　　我刚准备解释，那家伙就猛地扭过头来，然后急刹车停了下来。

　　"天哪！奇克！这是**怎么回事**？！"

　　"凯文？！"

　　这位好心人居然就是我的朋友凯文·麦克卢恩，他也在我的寻人名单上！我简直不敢相信。我还没开始找他呢！

"你到底在这儿干什么呀?!" 凯文震惊地问道。

"我来找你呀！"我说，"还有里克、博比、汤米、乔伊、里奇和其他人。我从纽约给你们带了些上好的啤酒，因为大家伙儿想让你们知道，我们有多感激你们。"

吉普车里的两名士兵大眼瞪小眼，面面相觑，而凯文难以置信地摇着头。几秒钟后，他才说："哇！这趟啤酒可真是送得惊天地泣鬼神啊！"

幸运的是，我背包里的纽约本地品牌啤酒够多，可以分给他们喝，还能给里克·达根和他身边的大兵们留一些，更不用说博比、乔伊和里奇了。

"好的，奇克，"凯文说，"你想让我做什么？"

我告诉凯文，我希望能和他多待一会儿，但那样我就永远无法在返回船上之前，及时找到名单上的所有人了。

"你能尽快把我送到停机坪吗？"

"没问题，伙计。"凯文说着，猛踩油门穿过丛林。

我把啤酒分给凯文和他的伙伴们，凯文介绍说他们是吉姆和托尼。

"不好意思，它们不是冰镇的了，"我道歉说。

"谁在乎那个呀?!"吉姆兴奋地打开啤酒罐。

"最喜欢开啤酒罐的声音了，"他一边说，一边递了一罐给凯文。然后他打开他那罐啤酒，闭上眼睛深深地闷了一口。这会儿，托尼则在咕嘟咕嘟喝着啤酒。

"嗯，我已经有一年没喝到莱茵金啤了，"吉姆说。

"我敢边喝酒边开车吗？"凯文一边念叨，一边又喝了一口。

从 1963 年起，凯文在越南岘港的美国海军陆战队 HMM-261 直升机中队已经服役了四年，该中队被称为"愤怒的公牛"。当时肯尼迪总统还在世，美国在越南的存在还很低调。"愤怒的公牛"是第三支抵达越南的美国海军陆战队部队，包括飞行员在内只有约 250 人。他们与两支美国特种部队 A 小队（即"绿色贝雷帽"）、两三百名南越陆军伞兵部队和被称为"蒙塔格纳德族"*的山地部落居民一起，待在岘港的一个旧法国外籍军团驻地。

蒙塔格纳德族人对训练他们的美国特种部队忠心耿耿，尽管他们因为是少数民族而被南越人视如粪土。凯文说，他刚到那里时，蒙塔格纳德族人还穿着兜裆布。他们明智地拒绝食用美军的 C 口粮**，而是用小型弩和带毒的箭去猎杀猴子；或者他们会托直升机驾驶员从他们深山里的村庄用篮子带回一头猪或几只鸡。尽管他们骁勇善战，但部落首领会时不时地宣布他们要用公共碗喝艾草酒。凯文说这东西尝起来像茴香酒，但又有苦艾酒的麻醉效果，"就像以前那些疯狂的法国画家喝的东西一样"。他们会因此丧失几天的战斗力，然后重新投入战斗。

我的朋友去年结束了服役，但他学到了很多关于直升机的知识，所以现在他又回到了私人承包商德纳电子公司***，成为一名飞

---

* Montagnard，越南高地部族。

** 越战单兵口粮，每盒包括主餐罐头一听、饼干、甜点、附件包、汤匙；附件包有卫生纸、火柴、口香糖、盐、糖、速溶咖啡、奶精、香烟。

*** 德纳电子公司（Dynalectron），今天美国最大的军事承包商之一德阳集团（DynCorp International）的前身。

凯文·麦克卢恩1963—1967年在越南服役，是第一批到越南的美国海军陆战队员。然后他又回到了越南，这次是作为平民，专门搞鼓直升机无线电，这样北越正规军和越南共产党的游击队就都发现不了飞行员的动向。（图片来源：凯文·麦克卢恩）

机电工，希望能有助于减少这么多直升机被击落造成的严重人员伤亡。

"北越军队和越南共产党正在用调频波段窃听飞行员的无线电信号，"凯文解释说，"就好像飞行员们自己在广播他们即将到达一样。"他和他的伙伴们正在为每台直升机无线电安装信号干扰系统，以解决这个问题。

最后一段路要爬过一个陡峭的山坡，当我们到达山顶时，我真是太高兴了：那架执行下午1点邮件投递任务的双引擎螺旋桨飞机就在那里。但我不能直接走过去。凯文陪我走到飞行员面前。

"我要搭个机去北方。"我对他说。

"可以啊，"他回答道，"去指挥部给他们看看你的命令。"

"我没有什么命令。"我坦言。飞行员上下打量了我一分钟，然后说："好吧，至少去把你的名字写在登记册上吧。"登记册就是航班的旅客和机组人员名单。

于是，我走进了所谓的"指挥部"。这"指挥部"就是一个"昆塞特"牌军用活动房屋，里面有一名士兵坐在一张折叠桌旁。我用那种曾经在归仁时对中尉很管用的官腔对他说："你们有架 1 点飞往北方的飞机？"

"是的，长官。"大兵回答。

"很好，"我回应，"把我的名字写在登记册上：约翰·多诺霍。就写……"为了达到效果，我特意停顿了一下，"平民"。

他皱着眉头眯着眼看着我，然后点点头，写了下来。

我和凯文一起出去，大约有十几名士兵还有两三名军官在等着。几分钟后，一名大兵手持文件板到了，他点了名，先叫军官上机。然后他说："等一下，我们这儿有个平民？"

我心里一沉。

"多诺霍！"

"我在！"

"请上飞机吧，先生，您可以登机了。"你知道，就像航空公司登机时，让 VIP 乘客先登机一样。

我松了一口气。

我转向凯文，凯文直视我的眼睛说："我跟你说，奇克，我在这里这么久，还没遇到过一个不是军人或者没有工作命令的平民。就连那些吸大麻的人也躲着这里呢，他们都在泰国清迈那边。但你是我遇到的第一个在越南到处找人的人。祝你一切顺利，奇克。"我们握了握手。

"谢谢你，伙计。咱们回家见。"我说着就走向飞机。和见汤米时一样，我也默默祈祷我们**能**再次见面。

我跳上了飞机，其他士兵也跟着跳了上去，然后我们就起飞了。

第九章 墓碑着陆区

我在机身两侧的长凳上找了个位子坐下，这样货物就可以装在中间。飞机起飞了，向北飞去。我高兴极了。我已经找到了两个人。我在想，**这肯定是件容易的事**！我希望能尽快找到里克。我在岸上没剩多少时间了。

我旁边坐着两个年轻士兵。在引擎的喧嚣声中，我们开始交谈——实际上是大喊大叫。他们负过伤，现在正从医院回来，准备重新投入战斗。他们没有问我任何问题。

我问他们："你们知道 B 连在哪里吗？"

"我和我的同伴们就在 B 连啊。"一个小伙子回答道。

"我在找 B 连的里克·达根。"

"达根吗？"那个性格比较外向的士兵问道。

"对。"我回答道。

"他是我们连的。"他说。

"其实呢，我是跟他同住一个街区的老朋友，"我说，"我专门过来给他送啤酒的。"

跟凯文·麦克卢恩相遇之后，我的背包里还剩下差不多十罐纽约最好的啤酒。我在归仁基地买了一些受欢迎的美国品牌啤酒，是给我自己喝的。嘿，那边很热啊，而且我也很渴！但是我要把从家乡带来的罐装啤酒留给我的朋友们。

两个年轻的士兵面面相觑，年纪稍长、更友好的那个突然大笑起来。他觉得这很有趣，但那个年轻些的士兵却不想再和我有任何瓜葛了。要是他能在半空中跳伞，跳到另一架飞机上去，他早就跳了。他觉得我会惹来麻烦，但谢天谢地，并没有。至少没给他找麻烦。这我倒是知道。

"你们知道这是要去哪里吗？"

"不知道，"那个友好的人说，"他们从不告诉我们。"

"嗯，那如果你们不介意的话，我想跟着你们。"

"是的，我们介意！"那个警惕的孩子说，"我们可不想和你有什么瓜葛！杰克，别理他。"

这句话反而让杰克笑得更厉害了。我想递罐啤酒给他。也不能怪这个谨慎的孩子，他也没办法。我还穿着运动裤和格子衬衫。我的头发梢也有点长了。自打下船以来，我还没有洗过澡，没有刮过胡子，也没剪过头发。可以说，我浑身邋遢。

那个警惕的士兵看起来最多 18 岁，但他已经负过伤缝过针，现在又要被送回丛林。他可能来自一个牛比人多的乡下小镇，根本搞不清这里到底发生了什么。我希望他能平安回到那个小镇。

飞机降落在富牌机场，这是一个位于海岸线上的重要军事机场，在顺化古皇城南 10 英里的地方。

1965 年，威斯特摩兰将军命令 1 000 名海军陆战队员挖掘并装填数千个沙袋，在那里建立了一个营地。他们用 30 天的时间完成了这项任务。然而这位曾在二战和朝鲜战争中备受尊敬的陆军四星上将，却改变了主意，把许多海军陆战队员派到了离非军事区分别只有 2 英里和 4 英里的昆天和甘露作战基地。威斯特摩兰认为，北越军队的领导人武元甲将军的主要目标是占领北部各省，因此他无视海军陆战队最高指挥官的意愿，刚派了另一些海军陆战队员前往偏远的溪山，结果造成了灾难性的后果。随后，威斯特摩兰将军扩大了在富牌海滨营地的陆军驻军规模，此后，海军陆战队声称他们为大兵们建造了一个阿卡普尔科 * 一样的度假天堂。

我们下了飞机，我跟在那两个士兵后面，保持了大概二三十英尺的距离。他们上了一辆运兵车，和另外两名士兵一起坐在后座。车辆刚启动，我就追了上去，跑到车边，然后用力拍了一下车厢。车子"嘎吱"一声停了下来，我跳进后车厢，又拍了两下，车子这才开走了。这些都是国际信号：拍一下表示停车，拍两下表示前进。

现在，所有年轻的士兵都盯着我看，只有杰克除外，他向我俏皮地眨了眨眼睛。当我们蜿蜒向北穿越群山时，我再次被越南的美丽打动，这里很像美国的大雾山，只是更炎热一些。森林里有巨大的树木，甚至还有常绿树。头顶着怪异冠羽的戴胜鸟、戴着强盗面具的卷尾鸟，还有蓝色的莫霍克发型的翠鸟在高如船桅的柚子树之间欢快地鸣叫和飞翔。还有菠萝蜜树，结满了最重可达 100 磅的果实。它们并不好闻，但一路飘香的鸡蛋花弥补了这一点。有那么一小会儿，我感受到了和平宁静——直到一只森林鹰鹃的尖叫声吓了我一跳，听起来像是女人在森林深处哭喊呼救，难怪越南人认为遇到它是不祥之兆。

---

* 阿卡普尔科为墨西哥著名海滨度假城市。

在战区，你也能发现无比恬美的时刻。(图片来源：里克·达根)

　　我们最后来到了一座古老的法国乡村教堂。教堂周围什么都没有，只有他们称为"墓碑着陆区"的古老墓地。山坡上停着 16 到 18 架直升机。显然，它们都是下午刚到的。

　　杰克告诉我搭乘其中一架直升机，在日落前赶到"简着陆区"，赶上 B 连。我知道他们会直接带我找到里克，我必须跟着他们。

　　我走进作战指挥部的棚子，随口对桌旁的下士说："有直升机下午 6 点要去简着陆区吗？"

　　他看起来有点困惑，但还是回答说："有的，长官！"

　　"不错，"我说，"把我的名字写在登记册上吧。"

　　士兵说："嗯……嗯，您的军衔是什么，长官？"

　　我说："我是平民。"

　　"是平民吗，先生？"他说，"您得去找少校谈谈这件事。"

　　少校走进棚里，正和另一名军官说着话。士兵等他注意到自己，然后解释了情况。

少校转过身来对我说："你想去简着陆区？你从哪里来？"

"我从南面来，长官，"我说，"我得去简着陆区见个人。"

我并不是要故意含糊其词，不过这样倒也方便。

"这样啊……"少校说，他给了我一个意味深长的眼神。"中情局效应"再次发挥了神奇的作用。

"行，好吧，我明白了。下士，把多诺霍先生加到名单上去。"

他问我："你吃饭了吗？"我说还没有。于是，少校搂着我，把我领到食堂营帐，我们一起吃了晚饭。

饭桌间，他向我讲述了那里发生的一切。我简直不敢相信，我竟然坐在那里和一位少校一起用餐。我以普通士兵的身份加入了海军陆战队，四年后，我仍以普通士兵的身份退伍。不过，要说胡说八道的功夫，我可堪比四星上将。有一次，他凑过来神秘兮兮地问："你能告诉我这到底是怎么回事吗？"

"当然可以，我很乐意，"我说，"是这样的，我有个继兄弟，叫里克，他在 B 连，我要给他带罐啤酒。"

说到这里，他突然大笑起来，摇了摇头，说："你们西贡来的都一样！什么实话都不肯说！"

然后，就到 6 点了，该出发了。我向少校道了谢，然后向直升机停机坪走去。

我和两名刚执行完任务返回的士兵爬上了直升机，这是一架贝尔公司的 UH-1 "易洛魁人"直升机，绰号"休伊"，火力强劲，两侧都装有枪械。在海军陆战队服役的这些年里，我只坐过一次直升机，那是在波多黎各的别克斯海军训练场进行演习时，我的吉普车出了事故，我被紧急撤离。最初，直升机的一个主要用途就是医疗运输。尽管美国陆军在 1941 年购买了第一架西科尔斯基直升机，并在三年后的二战中首次使用直升机在缅甸营救被击落的飞行员，但在二战中，军方主要依靠从飞机上空投伞兵来执行此类营救任务。看过电视剧《陆军野战医院》的人都知道，在朝鲜战争中，旋转翼飞机主要用于侦察、补给或运送伤员。越南战争中也有一些伞兵空降行动——吉米·亨德里克斯甚至在肯塔基州坎贝尔堡完成了跳伞训练，但由于他光荣退伍，因此从未被派往越南，因为正如他的一位指挥官所说，"他在执行任务的时候还惦记着他的吉他，脑子显然无法正常运转"。

但大规模空降行动只有一次：1967 年为期 82 天的章克申城行动，共计 845 名伞兵参与，目标是寻找确信是越南共产党隐藏的指挥部。与此同时，美国出动了近 12 000 架直升机，由 4 万名飞行员驾驶，我们的盟友澳大利亚皇家空军也有自己的机队，参与战斗，降落在以前只有伞兵才能到达的地方。越南战争是史上首次直升机成为主力战机的战争。

我们打开舱门飞行，我不得不承认，在飞往普莱库的半路上，我蛮怕的。我们的目的地是广治省的海凌，距离非军事区不到一小时路程。我们的下面是敌方的领土。

现在，关于直升机，有件小事我事先完全不知道，那就是风会猛烈地往机舱里灌。我必须承认，我放了一个屁。飞行员和士兵们大肆嘲笑，我猜那气味一定很糟糕。

于是，飞行员关闭了发动机，大喊道："好了，大家都下飞机吧！这气味实在让人受不了！"

越南战争是第一场"直升机战争",在战区空降士兵的需求缺口由
直升机顶上了。这张照片里,士兵们坐在一架贝尔直升机公司设计
制造的 UH-1C"休伊"军用中型通用直升机上,直升机代号为"易
洛魁人",机身上挂着一挺 M60 机枪。(图片来源:里克·达根)

　　我们开始下降。我以为我们会坠入敌军的领地。当时我完全吓
坏了。然后,飞行员们交换了一个眼神,开始放声大笑。他们重新
打开引擎,飞机升了上去。原来他们只是在捉弄我而已。

第十章 "这家伙是谁啊？"

当我们到达广治省的简着陆区时，已是傍晚时分。直升机降落在一片开阔的丘陵地带。周围看不到任何建筑物，只有一个风标插在地上，标志着安全的降落地点。我和那两名士兵刚跳下直升机，直升机就"嗖"地呼啸着升空，转眼间就消失不见了。一名军士长和几个士兵走了过来。

军士长喊道："**这家伙是谁啊？**"

那个一直对我保持警惕的孩子大叫道："我不认识他！我跟他一点关系都没有！他一直跟着我们！"

军士长是附近级别最高的长官。谁的军阶高，谁就说了算。于是，我告诉了那个肩上有一颗星的军官我的身份和来意。幸运的是，他觉得这整件事蛮好玩的。

他笑着说："达根去伏击巡逻了呢。"他现在也加入了我的行列。

军士长转向他的无线电报务员说道："嘿，把达根叫回来。"在士兵操作野战电话的时候，军官指了指地面。

"快进来。"

他们已经挖了一个很深的散兵坑，这是躲避炮火的地方。我跳了进去，他们搭了一件雨衣在我身上。

"RV12845，返回警戒区，"我听到无线电操作员说，"RV12845，返回警戒区。"

他们总是用士兵的花名册序号来称呼对方，因为如果敌人在无线电上监听到士兵的真实姓名，他们就可能会利用这个名字进行宣传。

我蹲下来，躲在散兵坑里。伏击巡逻队就在200码外，让里克一个人回来确实会有点危险。我开始担心自己会害死他，但过了一会儿，我就听到了他熟悉的声音。我不禁对自己笑了一下。

"是你叫我回来的吗，长官？"里克问道，"你在找我？"

"哦，不是**我们**在找你，"军士长说，"是**这边这位**在找你。"

好了！他们把雨衣扯下来，我跳了出来。

里克愣了一下，转过身朝后方张望，想看看有没有同伙——什么都没有。

"奇克！我的天啊！你到底在这里干什么？！"

"这是给你的啤酒。"我说，然后解释了来龙去脉。

"你在开什么玩笑呀？"他说，"不是吧，说真的，你来这儿干什么？"

"送啤酒真的是我来这里的目的。"我说。

军士长和其他人都笑得歇斯底里。

"不过你到底和谁一起来的呀？"里克问道。他看起来还在消化这一切，好像我是海市蜃楼一样。

"我和谁一起？"我说，"我和你一起呀！"

然后军士长说："达根，你最好赶紧离开这里，因为他不应该出现在这里，这一点我很清楚。"

"我该拿他怎么办呢？"里克问他。

"他现在归你管了，带他走吧。"军士长宣布。

第十一章 "等等，你本可以不来，但你居然来了?!"

里克看了看我，说："来，把我的披风穿上。你这身打扮就像挂着一个牌子，说'朝我射击吧，我从纽约来'。"

里克看起来比我上次见他时更壮实了，他已经参加了几十次战斗任务。他家里有政界关系，本可以得到一份文职工作，但他没有动用任何关系。

现在已是黄昏时分。我四处张望寻找着一楼半瓦，或者任何建筑物，但周围空空如也。我不知道我们要去哪里，这种感觉糟透了。

我们来到了警戒区外围。想象一下一个大圆圈，所有部队都在里面。这里没有围栏，在大约 200 码外，在前沿警戒区，有十几个士兵。他们整夜都会在外面放哨，这样，如果有人进攻，他们就能首先发现并予以还击。

当我们到达前沿警戒区时，一名士兵大吃一惊。"这是谁啊?"他问道。

"你可能会觉得难以置信，"里克说，"他是我的邻居。"

他们互相看了一眼，又看了看我，然后另一个士兵说："等等，你的意思是，你本可以不来，但你居然来了?！"

"你是觉得他是从精神病院跑出来的，对吗？"里克说，"不是的，他只是来给我们打打气。"

他们又互相看了一眼。

"更棒的是，他还给我们带了些啤酒来。"里克补充道。

"太棒了！"几个士兵异口同声地说。

"这真是好消息。不过坏消息是，你不能在伏击巡逻的时候喝。你必须等到明天。这可是命令。"

他们都欣然同意了。

这是里克和他的好友"T波"——托比亚斯。我和里克还有他的战友们小口喝着啤酒的时候，他的一位战友对我说："等等，你的意思是，你本可以不来，但你居然来了?！"(图片来源:里克·达根)

士兵们连珠炮一样向我询问家乡的情况。文斯·隆巴尔迪真的要从橄榄球教练岗位上退休了吗？女孩子们的裙子现在有多短？你认为他们今年会再次迎来"爱之夏"吗？暴动还在进行吗？抗议还在继续吗？杰斐逊飞机乐队出新专辑了吗？现在家家户户都有彩色电视了吗？你开过野马汽车吗？最重要的问题是：你认为战争会很快结束吗？

我都知无不言，言无不尽。

故事一直讲到天黑。他们给我们讲他们家乡的奇闻逸事，从双头羊到鲨鱼咬冲浪板，再到低趴车，五花八门，而我们则给他们讲纽约的故事。

"达根告诉我们的是真的吗？你们家附近有个家伙开着大众汽车冲进酒吧，然后从侧门开了出去？"

"那是一家酒吧餐厅，是的，他说的没错。皮特·麦吉开车穿过了比克福德餐厅，那家餐厅两侧都有旋转双开门。皮特买了外带的早餐。"

"你们真的会从 90 英尺高的悬崖上跳进城里的大河吗？然后你们必须快速游回家，否则就会被排入河中的污水冲到？"

"斯派滕戴维尔河，没错，是真的。"

"哇，"那孩子说，"达根，恕我直言，其实我们之前一直对你讲的故事将信将疑。现在我们信了。"我想，有那么几分钟，他们都忘了自己正身处战场。

这会儿，我已累得筋疲力尽。"我睡哪儿呢？"我问里克。

"就睡散兵坑里，跟我和他一起，"里克回答，指了指其中一个年轻的士兵，"我们都睡地上。"

其他大兵分成几个小组，跳进了不同的散兵坑。

有一个人的背包里有一个气垫床，他给我吹了起来，我非常感激。然后，另一个来自底特律的家伙递给了我一把点45手枪。

"我拿枪干什么呀？"

"这个嘛，如果我们顶不住了，你就用它冲敌人开枪——不然，如果有必要，用在你自己身上也行，"那个人说，"看你怎么判断。"

好极了！看我怎么判断。我把它还了回去。我从海军陆战队退伍四年，现在我更怕误伤士兵。我曾被误射过一次，那还是我和我的朋友福克西·莫兰十几岁的时候，在公园里为了争夺一支步枪而大打出手时发生的意外。那样的经历，我希望不要发生在任何人身上。

不过现在，这个人让我看清了我们周遭的现实。当他们商量着谁先睡几个小时轮流值夜时，我连眼都合不拢。里克第一个睡，我问他："你怎么睡得着？"

"轮到你睡觉时，你就必须赶紧睡，哪儿那么多纠结，"里克解释说，"你每天要在茂密的丛林中跋涉七八英里，然后挖个散兵坑，到了晚上，你就得睡觉。因为在你和敌人之间，除了蚊子、水蛭和季风，什么都没有。"

其他人都笑了起来，但没过几分钟，里克就躺在地上沉睡过去了，像灯被关掉了一样。我却像猫头鹰一样清醒。

第十二章　埋伏哨岗的交火

半夜里，一个士兵爬到里克身边，摇晃着他，低声说："达根！达根！星光瞄准镜在哪里？"

星光瞄准镜可将月光、现有的星光甚至夜空微光放大至 3 万倍，为士兵提供夜视能力。它们价格昂贵，据我所知，一具瞄准镜就要花费军队 2 000 美元左右，而且往往一个班只有一名士兵能配备一具。

里克咕哝了几句听不懂的话，那个士兵焦急地低声说道："达根，快醒醒！我们需要星光瞄准镜！"

"你们这些家伙总是疑神疑鬼的，"里克嘟囔着，翻了个身，"让我睡觉吧。"

"不，您没明白，长官！"士兵低声吼道，"**警戒区外有动静！**"

里克一下子惊醒，急忙拿出瞄准镜。士兵接过它，把它扛在肩上，然后透过它向丛林那边望去。瞄准镜这东西重得很，里克没办法一直到处扛着它。

里克小声对我说："是北越军，他们在外面活动。"

里克想轻描淡写地带过这件事，好像没什么大不了的，每天晚上都这样。他试着安慰我说："他们可能只是路过。但万一他们冲过来，我们就得撤退，火速回到我们的防线。"他指了指我们身后黑暗中的一片空地。"对，火速撤回那边去。别担心，奇克，我会告诉你什么时候撤，"他说，"拿着这个。"

里克递给我一个 M79 榴弹发射器，这是他除了步枪之外唯一的武器。现在看来，北越军似乎正悄悄从我们身边经过，或者更糟糕的是，正在向我们逼近。他们可绝对不在我想要见的人的名单上。我不禁开始怀疑，我这次拜访是不是一个愚蠢的决定。

拿着瞄准镜的人朝他们觉得有动静的地方望去。

"是北越军。"他确认道。

里克让无线电报务员联络基地内部，请求提供照明弹支援。

不到一分钟，轰！嗖！我们就听到照明弹离开迫击炮飞向天空的声音。但它本应飞过我们头顶，照亮敌人上方的天空，可第一枚照明弹却直接落在了我们的正上方，砰！感谢上帝，它没有爆炸，否则可能会暴露我们的位置。

第二发照明弹飞得远些，在他们头顶炸开，照亮了丛林边缘至少四名戴着浅顶头盔的北越士兵。

"他们在那儿。"里克说。

北越军开始用机枪扫射。我们的人予以还击。我尽可能地趴低身子躲在散兵坑里的棚里，随时准备着穿过那片空地逃跑。交火持续了很长时间。

过了一会儿，一切归于平静。那个拿着星光瞄准镜的士兵又看了看。

"没动静了。"他说。

"你还好吗，伙计？"里克问我。他一脸担心。

"嗯，没事，谢了。"我说，心里却不得不承认，自己受到了不小的冲击。接下来的整个晚上，大家都没睡，保持着高度警戒，毫无疑问都在祈祷天亮。终于，黎明到来了。里克和他的小队全副武装，步枪上膛，向丛林进发。几分钟后，他们回来了，把我接上。我不知道他们在外面看到了什么，但我们一行人还是默默地回到了基地警戒区内部。他们心事重重，没有交谈，也没有戏剧性的场面。他们已经在第一骑兵师经历了很多次战斗，而里克还会经历更多：总共 153 次战斗突击。一个月前，他刚参加了一场持续六天的中央高地遭遇战。整整一个北越兵团包围了他们，士兵们装备着每分钟可发射 1 000 发子弹的苏式和中式机枪。里克所在的连队，100 名士兵中阵亡了 25 人，其中包括他的排长。我朋友在战斗中被弹片击伤，好在当场就得到了治疗。现在，他和他的战友们在边海河的非军事区附近，紧靠着北越边境。

我试着让气氛正常点儿。"早餐吃什么？"我问里克。

不幸的是，他的回答是"C 口粮"：一罐利马豆和一罐肉丸。他递给我一个 P-38 罐头开罐器。之所以叫 P-38 开罐器，是因为这个袖珍简易的小工具要转动 38 圈才能打开一个罐头。里克还给了我一个金属水壶杯，里面有一包速溶咖啡，这样我烧点水就可以加入咖啡粉。这就是越南战场上的高级餐饮了。

在我吃东西的时候，几只德国牧羊犬和杜宾护卫犬走过来向我狂吠。在越南，狗总是冲我叫，因为其他人都穿着迷彩服，而我太显眼了。我不怪它们。它们接受的训练就是教它们这样做的。这些狗把我当成敌人了。

里克的背包估计得有 60 磅重，但他随身带着母亲和祖母写给他的每一封信，以及每一期《因伍德新闻通讯》。《因伍德新闻通讯》

找到里克·达根中士后，我在靠近北越边境非军事区的广治省享用到了一些美味的 C 口粮。在一次交火中，我保住了啤酒，后来我们就喝掉了，虽然不是冰镇的。（图片来源：里克·达根）

我（最右）和里克·达根（左三）还是在吃 C 口粮，跟我们在一起的是第一空中骑兵部队 B 连达根所在排里的战友。（图片来源：里克·达根）

是街区的七位年轻女士办的月报，她们每个月寄一期给在越南服役的本地小伙子们。内容五花八门，有谁和谁订婚了、哪个垒球队夺冠了、《爱战士》之类的诗歌、酒吧命名比赛，以及"条条大路通因伍德"等主题的征文活动。她们还报道说，因伍德派出了600人参加每年5月1日第五大道忠诚日游行。读到其中一期的时候，我还发现上校又开始玩他的老把戏了。女士们写道，上校"想送你一瓶苏格兰威士忌，但信封装不下"。取而代之，他将几十只酒吧杯垫浸泡在酒中，和月报一起寄了过来，还附上说明"每隔两小时敷在舌头上"。

战争期间，里克随身带着一只85磅重的包，里面保存着他所有的家书和几份军报《星条旗报》。(图片来源：里克·达根)

在警戒区里，有更多的军官。现在我得向军队解释我为什么会出现在这里。我解释了，但每个军官听完后都只是皱着眉头斜了我一眼，仿佛在说"得了，别骗我了"，然后就继续忙他们自己的事了。他们都以为我是什么卧底的特工。当时，在战场上根本没办法核实这种信息，无法当场辨别真伪。

这是一名士兵在休息时间阅读家书。这些信件缓解了孤独，让年轻人享受到了片刻的安宁。我的朋友们还收到了《因伍德新闻通讯》，因此得以知晓日思夜想的家乡的消息。（图片来源：里克·达根）

　　我还没有重要到需要他们向西贡报告的地步。而且，他们也自顾不暇。他们向士兵们宣布，第二天将出发前往越南顺化省以西的阿绍山谷。这里是北越军队的战略要地，因为它靠近老挝边境，北越军队沿着以其总统和革命领袖命名的胡志明小道，将大炮、武器、弹药和其他补给品从老挝运到南越，与我们的部队作战。这两个狭长国家——就像加利福尼亚州，但面积更小——拥有长达 1 300 英里的共同边界线，而且南面缅甸境内的胡志明小道防御松懈、漏洞百出。

　　1966 年以来，美国军队就没再踏足过阿绍山谷。当时，北越军队的四个营，至少 2 000 名士兵，包围了一个特种部队营地。守卫营地的有大约 200 名南越平民游击队、一小队蒙塔格纳德族士兵和 17

名更常被称为"绿色贝雷帽"的美国陆军特种部队精英。17名"绿色贝雷帽"中5人阵亡，12人受伤，包括后来在2014年获得荣誉勋章的军士长本尼·G.阿德金斯，他是最后一名坚守营地的美国士兵，负伤18处。那场面是多么惨啊！

里克和他的小队听后毫无怨言，而是背着M16自动步枪出去巡逻，我也跟着他们一起去了。我们走了很长一段路，幸运的是，没有遇到什么人。那里一片片的梯田种着水稻，呈现出带光泽的翠绿色，那种绿色就像长尾鹦鹉的羽毛一样。我对里克说："这儿看起来很像爱尔兰。"天气很热，我们在一棵树下停了一会儿，用水壶喝了口水。我正准备在一块巨石上坐下，里克突然大叫："别坐，奇克！别坐那上面！那是一堆干象粪！北越军用大象运大炮！"

在这里，我们正和一群衣衫褴褛、食不果腹的士兵作战，他们使用着2 000年前迦太基的汉尼拔的战术，而且还让我们付出了高昂的代价。约翰逊总统和国防部长罗伯特·麦克纳马拉在白宫也观察到了类似的情况。一个月后，麦克纳马拉辞职，又过了一个月，约翰逊总统拒绝竞选连任，这一切才真相大白。他们倒是辞职了，但却把我们的士兵丢在了越南。

我们在外面没有遇到任何人，于是返回了基地警戒区，里克和他的小队做了报告。我当时站在无线电报务员附近，他不得不去哪里都拉着这个巨大的设备，他和翻译员在一起，翻译是一名越南裔美国人，自愿入伍的。一名年轻的士兵在他旁边坐在地上听着。无线电里传来了越南语的声音。

年轻的士兵说："那是谁啊？"

翻译员回答："是北越军。"

一把枪、一根烟、一架直升机，里克准备好去战斗了。
（图片来源：里克·达根）

"那他们在说什么？"小伙子紧张地问。

"他们在谈论补给。"

那小伙子勃然大怒，大喊："他们用我们的无线电干什么?！"

"这不是我们的无线电，伙计，"翻译马上说道，"这是公共波段，懂吗？是大家共享的电波，所以闭嘴，好让我听听他们打算把那些该死的大象带到哪儿去！"

达根和其他人正在擦拭枪支、修理靴子，为即将进入未知的战场做准备。然后，我们又围坐在一起讲故事。里克突然问我："你真的带了啤酒吗？因为我觉得现在正是来点儿的时候。"

我把手伸进背包，留了两罐在包里，将其余的啤酒都拿出来分给他们。

"给你，"我说，"来罐常温啤酒。"

他们打开啤酒，闭上眼睛，喝下了这久违的啤酒。也许他们看到了自己的女朋友，也许是家乡的海滩美景。

"嗯，常温的，但味道很好。"里克叹道。

我们又讲了一些故事，一直讲到晚上，后来由于其他士兵都有伏击巡逻的任务，我们都就地睡着了。里克用头盔当枕头。

黎明时分，我们被直升机的轰鸣、狗叫声和鸟叫声吵醒。警戒区里已经是一片繁忙景象，我们都爬了起来。至少一夜平安无事，没有发生任何袭击。

里克把我拉到一边，严肃地说："听着，奇克，我们今天就要出发了。你不能跟我们一起走。相信我，你也不想跟我们去的。我是认真的。你可不能当连队的吉祥物。"

当然，他说得没错。尽管我真心想帮他们，但我也没办法提供实质性的帮助。我很担心他们的安危，但我还有名单上的其他人需要找，还得赶上我的船，时间已经越来越紧了。

"我们得给你找一架直升机。"我的朋友说。

我跟其他士兵道别，祝他们好运。我也希望自己能给他们带来些许好运。里克和我走向停机坪，一架巨大的波音 CH-47 "支奴干"运输直升机刚降落在那儿。士兵们正忙着从直升机上卸下大量装备和一辆吉普车。

里克走近一名准尉问道："你们这儿有没有要飞往南方的直升机？"

"这一架一卸完货就会马上离开，不过它要去东边，到广治机场去。"

里克转过身对我说："有飞机就上吧，奇克。"

"谢了，兄弟，"我说，"这总算是个开头。别担心我。"

离开里克的时候，我是那架巨大的"支奴干"重型运输直升机上唯一的乘客，它的时速可以达到每小时196英里，载重8 000磅。我简直像是坐在一个空中仓库里飞行一样。（图片来源：里克·达根）

我们去找直升机上的飞行员，里克告诉他："我这儿有个平民，我得尽快让他离开这里。你能捎他一程吗？"

飞行员爽快地说："行啊。"然后示意我跳上去。

"嗯，我想这就是告别了，"里克说，"我不是要赶你走，伙计。你冒着风险出现，这让我觉得，哇，想不到家乡真的有人关心我们！"

我们握了握手，我在心里为他祈祷了一下。在直升机的嘈杂声中，我从机舱门边向他挥挥手，大声喊道："好了，里克！咱们回家见！"里克笑着对我竖起了大拇指，这时"支奴干"运输机也起飞了。

第十三章　夜路尖叫

　　我是这架宽敞的双旋翼"支奴干"运输直升机上唯一的乘客。这架由波音公司制造的运输直升机可以在 95 华氏度的高温下以每小时 196 英里的速度在高空飞行，并可以在机舱内或通过外部吊车和吊钩运载重达 4 500 吨的有效载荷。它把大炮和吉普车运送到里克的部队，就像运的是"火柴盒"牌迷你玩具一样轻松；后来，据说在 1975 年 4 月西贡变天当天，一架这样的运输直升机曾将 147 名难民空运撤离了这座城市。

　　"支奴干"运输机降落在一片开阔地上。

　　飞行员说："我们最多只能带你到这儿了。"

　　那是一片农田。没有军事基地，什么都没有，只有偶尔出现的沙袋堆。我紧绷着神经，但也能理解。飞行员的职责之一就是要保护这些直升机，它们花费了政府数百万美元。而且他还有别的工作要做。在出发前他盘旋了一分钟，然后指了指路的方向才离开。接着，他笔直地升到大约 100 英尺的空中，就飞走了。

　　我希望能在停机坪搭上另一架直升机或飞机。我的船长之前告诉我三天内得回来，而我已经离开四天了。虽然我希望能和汤米、凯文还有里克多待一会儿，但我还没找到其他人呢。我急忙朝飞行员所指的方向赶去：向东。没过多久，我就听到远处有马达声正朝我过来。那是一辆吉普车，车上有两名海军陆战队员。我伸出大拇指，他们放慢了速度，仔细打量了我一番，却没有停车——我在露天待了几天，身上非常脏。

他们继续往前开，我在后面喊："喂！你们要去广治机场吗？我要搭个车！"

他们猛地刹车停了下来。"你会说英语？！"其中一个人惊讶地问道。

我说："我当然会说英语！我从**纽约**来！"

开车的士兵说："对不起，伙计，我们以为你是个没离开越南的**法国殖民者**。上车吧。"所谓的"殖民者"是殖民时代遗留在越南的法国侨民。

我上了车，几分钟后，我们就到了机场。

我看到跑道上有一架用铁丝网围起来的飞机，门口有两名海军陆战队员。其中一人举起手臂，让吉普车停下。他看了我一眼，说："请出示证件，先生。"

吉普车里那两个人感觉事情会变得麻烦。其中一个人说："瞧，我们得把这些邮袋送到那架飞机上。"

那名海军陆战队员——他是一名下士——对我说："先生，请你下车好吗？"

我下了车，他向吉普车招了招手，他们就开走了。我向他出示了我的商船海员证，并告诉他我曾经当了四年海军陆战队队员。我还记得我的士兵序列号和步枪编号。到今天我也仍然记得，就像大多数海军陆战队员一样。不过，这对我来说没什么用，这小伙子根本不在乎这些。

"你现在是平民吗，先生？"

"确实是平民。"

"对不起，先生。我们接到命令，不允许任何平民通过大门。"

"我想你的指挥官可能指的是越南平民。你看我像越南人吗？"

"他没有明说，先生。"

"我想他想不到会是我。"

"是的，先生。"

我跟那个下士争论了大约十分钟，我确信飞机就要起飞了，而我又要被留在这儿过夜了。我用我刚学会的权威语气说道：

"打电话给 OD，"我叫道，OD 的意思是当天的执勤军官，"我要和他谈谈。我必须赶上那架飞机。我要去那个作战指挥部，我要搭下一班飞机离开这里。"

说完这句话，我便向指挥部走去。

"站住！"下士大喊。说实话，我真不确定他会不会开枪打我。毕竟，他是一名海军陆战队员。他得到的命令是阻止任何平民进入停机坪，而他也在认真执行这些命令。他命令另一名海军陆战队士兵，一名二等兵，拿着 M16 瞄准我，一直跟着我到指挥部，好像我是他的俘虏一样。我们到了那里，我暂时松了一口气。我去找里面的海军陆战队士官，他告诉我这是当天最后一班飞机了。

"飞机要去哪儿？"我问道。

他回答说："富吉。"

我都不用问那是不是南边，如果我们再往北走，我都要跑到河内坐在胡志明的腿上了。

"我能坐上这趟飞机吗？"我问道。

他检查了我的证件，看着我的眼睛说："行，没问题。"

他虽然没有像之前那名下士那样为难我，但我不得不说，作为一名前海军陆战队员，我为这小伙子严格遵守命令感到骄傲。

飞机即将起飞时，我终于登上了飞机。

我们在富吉降落时，太阳已经落山了。它是美国建造的一座主要空军基地，由韩国陆军猛虎师提供保护。修建过程中，越南共产党人曾不断干扰，晚上设置诱杀装置，白天用狙击手向士兵和工人射击。当初修建这基地死了不少人。而现在，就像我们在越南建造的许多军事设施一样，它已归于民用。它是越南最美丽、最现代化的机场之一，但在当时，它是第37战术战斗机联队的驻地。

富吉位于归仁西北17英里处，我的"德雷克胜利"号就停泊在那里，不管是否完全完成任务，我都必须赶往那里。外面已经一片漆黑，但我还是沿着路走了下去。

"你要去哪儿？"一名军官大喊道，他正在监督士兵们从飞机上卸货。

我说："我去归仁。"

"归仁？你今晚到不了那里的！去军营登记吧，他们会给你安排铺位的。"

于是，我领到了个床位，但根本睡不着。我已经错过了船长让我周一回来换班的最后通牒——现在已经是周二晚上。我不仅要被他训斥，而且现在还担心船会不等我就起航。

不过，我还是决定要去归仁。在营地门口，我搭上了另一位韩进卡车司机的便车。然而，才开了大约1英里，我们就到了一个岔路口，他没有选择我想要走的那条人少的路。我跳下车，开始步行，希望能有另一辆卡车经过。

我沿着土路往树林里走了大约 1 英里。天色一片漆黑，只有残月偶尔露出来。路上不管哪个方向，都没有吉普车和卡车驶来。有东西叫了一声，我吓得差点跳起来。又走了半英里后，我看到在路中央有一个 5 岁左右的孩子正在黑暗中拍球，一次次地把球往地上扔，然后又接住。他孤零零一个人在那里，我友好地对他说了声"Xin chào"——越南语的"你好"。那孩子默不作声。他只是站在那里盯着我，这时我听到了一声令人毛骨悚然的尖叫和一连串的越南语咒骂声。

他的母亲像疯了一样向我们跑来。她看了我一眼，然后抱起孩子，转身就向一座小房子跑去。我永远不会忘记她脸上惊恐的表情，也不会忘记这都是我造成的。

那位军官没有提醒我去归仁的路途有多远，他更担心我在路上会遇到什么人。我意识到我可能遇到麻烦了。我已经在怀疑这是不是越南共产党的地盘，现在我确定了。大半夜的，如果我继续沿着这条路向归仁走，那就太傻了，但此时此刻，我也不知道该不该返回富吉县。然后，感谢上帝，不知从哪里开过来一辆运兵车。车内空无一人，只有另一位韩进老司机。这些人开车到这里来真是有胆量。

那人不会说英语，我试着用日语跟他交流，他听懂了一些。最后，我问道："富吉？"他说："*Dai jobu*（没关系）。"好吧。我回答说："*Arigatō*（谢谢）。"

那个人一路把我送到军营大门口，却错过了自己的目的地。这是我在越南遇到的韩国人和其他陌生人施与我的众多善举之一，他们一路帮助着我。

门口的警卫问我："你到底从哪儿来的？"

"你不记得我了吗？"我回答道，"我不久前刚离开这里，本想今晚找条路去归仁，结果迷路了。"

"你疯了吗？晚上那条路归'查理'管！"他呵斥道。"维克多·查理"的缩写词 VC 指的是越南共产党。

我回到军营，勉强睡了一觉，天一亮就又上路了。一支车队正驶往归仁，其中一位司机让我坐进了他的驾驶室。我们沿着我前一晚走过的路前行，我心想，**我真是疯了**，没错。天亮后，我才看清各种我可能被抓住的地方：小木桥、沙袋掩体——当时如果遇袭，我可能已经完蛋了。我常常想起那条路，如果我被抓走并且没死，我可能会在接下来的五年里都要当战俘，或者更糟。当我看到 1973 年敌对行动结束后，战俘们从飞机上下来的景象时，我真要为那天晚上的幸运谢天谢地。

归仁热闹非凡。我没有时间回汤米的军营，但我一直在街上留意看他在不在。不过我没发现他。车队穿过小镇，一直开往港口，这对我来说是件幸运的事。但让我感到不幸的是：我的船已经开走了。

第十四章　空军飞行员帮了我一个忙

　　我去找了美国海岸警卫队的港务局局长，他是个出了名的不苟言笑的家伙，而且我明白原因。海岸警卫队的任务是保卫越南2 000英里海岸线的安全。在整个战争期间，8 000名海岸警卫队队员在26艘82英尺的巡逻艇上服役，巡航里程400多万英里，检查了28万多艘船只。前一年，包括"USCGC威诺纳"号和"USCGC明尼通卡"号在内的五艘高耐力海岸警卫队巡逻艇从夏威夷珍珠港启航，计划在战争期间执行6 000次作战任务。

　　我告诉港务局局长，我是"德雷克胜利"号上的一名机油工，我去看望我的继兄弟，当时正处于休假期间。而现在，港口里那艘船已经无影无踪了。我被困在岸上了，用商船的行话说就是"搁浅"了。

　　他解释说，船长得知可能会发生袭击，所以他决定加快卸货速度，赶紧离开那里。通常情况下，卸载这样的货物需要大约六天的时间，但他们加快了速度，并启航离开了。他们正驶回美国，下一站是菲律宾的马尼拉，船长已经报告我失踪了。

　　"嗯，你看，我这不是好好的嘛。"我说。

　　"你没指望他们会等你吧？"他严厉地说。当然不。作为一个海员，最糟糕的事情莫过于误船，尤其是在战时。

我很失望，我无法找到名单上的其他人，尤其是我最好的朋友之一博比·帕帕斯，他在西南 375 英里处的隆平。但船是不会掉头的，现在我不得不设法追上我的船。

"好吧，听着，"港务局局长说，"也许你能赶上那艘船。我会给西贡打电话，让他们给你下达命令，让你飞过去办离境签证。"

这听起来很复杂。

"我为什么不能现在就去西贡呢？"我问他。

"在越南，没有命令，你哪儿也去不了！"他嚷嚷着。

可这正是过去将近一个星期我一直在做的事。

"这样吧，"我冒昧地说，"我现在就去西贡的美国大使馆，想办法把这个过程加快点。船长既然没在这里等我，在菲律宾那边他肯定也不会等我。"

港务局局长说："听着，我跟你说了，你不可能从这里去西贡。等你明白过来时，把这个交给军营的值勤军官吧，他会给你安排床铺的。"

说完，港务局局长给了我一份签过字的文件。我千恩万谢地离开了。但我没去军营，而是又去汤米·柯林斯的基地找他了。我再次走运地碰到了他，他刚站完岗。

"你回来了！"汤米说。

"是啊，我很高兴再次见到你，但我不能逗留。我错过了我的船。"

"哦，不会吧！"

"是真的，而且我得尽快去西贡搭军机到马尼拉追上我的船。"

"好主意！我能帮什么忙不？"

"没事儿，兄弟。我临走前想跟你打个招呼。这是我的烂摊子，我来收拾吧。我在北边待得太久了。"

"那边情况怎么样？里克怎么样？"

"他还蛮好的。不过我在北面的时候，我们跟敌人打了一仗。我在那儿附近还看到了凯文·麦克卢恩，他们俩在那里都挺危险的。"

"哇，你真是连中三元，一下子找到我们三个了！可是奇克，我真不敢想象你参加枪战的样子，尤其是你这身打扮，"他顿了顿，笑了起来，"听我说，你想在这里洗洗衣服不？还有你自己也洗个澡？"

我知道自己已经有点发臭了，可是没有时间了。

"汤米，我现在得赶紧去机场了。我们四个，还有博比和乔伊，要不了多久，就会在家举杯庆祝和平了！"我握着他的手给了他一个拥抱，再次嘱咐他给母亲写信，然后我就走了。

我匆匆赶往归仁机场。第一骑兵师的得克萨斯人就是在那里送我去安溪见里克的。我想，也许这次我可以搭个便机去南方。

机场比我那天早上去的时候忙碌得多，到处都是"休伊"直升机、"支奴干"运输机和几架螺旋桨飞机。我希望其中一架飞机即将起飞去西贡，而我能坐上去。我在一个敞开的帐篷里对桌子前一个拿着文件板的空军士兵说："你有飞往南方的飞机吗？我需要尽快赶到西贡。我要去大使馆。"

这下说漏嘴了。一提到大使馆，周围的人都警觉起来了。"我能看看您的命令吗，长官？"空军士兵问道，其他人也竖起耳朵听着。

"我没有任何命令。"我说。

你看，我在酒吧遇到的第一骑兵师的飞行员，人家有自己的飞机，想去哪儿就去哪儿。可我呢，又回到了官僚主义的条条框框里。

"我是一名商船水手。"我补充道。

尽管在战争期间的沿海城镇，你更容易看到各色人等：会有更多美国海军水兵、南越人、韩国人、澳大利亚人、平民技术人员、一些法国殖民者，也许还有一些欧洲商人，但这位飞行员还是心存疑虑。为什么一个脏兮兮的商船海员，要坐飞机呢？

"您被您的船甩得有点远吧，先生？"

"可不是嘛，我正赶着回到船上去呢。"

"先生，没有命令的话，我不能让您上我们的飞机。"

我想吼回去："为什么不能？"但我垂下眼来。我深吸了一口气，离开帐篷，开始四处张望。跑道的尽头还有另一个帐篷，人来人往，很热闹。他们穿着飞行员或机组人员的橙色连体工作服。我走到衣领上有美国空军徽章的准尉面前，他正拿着文件板核对着物品。遇到问题，找到拿文件板的人就对了。他满头白发，看上去像是经历过地狱般的考验。我问他有没有前往西贡的航班。

他疑惑地看着我。"有，"他回答道，"你是谁？"

"我是个商船水手，"我说，"我刚去看我兄弟了。我的船在西贡，我得在它离港前回到船上。"

"你在跟我开玩笑吗？"他问。

我想，我可没在重要的事情上开玩笑。

"不，长官，我没有。"我回答道。

"你到底去哪儿看他了，泥滩吗？看看你这模样！"

我确实有点脏。我知道自己给人的第一印象并不好。

"等我一下。"他对我说，然后走进了帐篷。

那个军官肯定在里面工作了一会儿，但我还是一直等着。也许他看我可怜，出来后他把我拉到一边，低声神秘地说："你看到那边的那架飞机了吗？"

那是一架漂亮的双引擎比奇男爵飞机，就像有钱人开出去兜风的那种。

"看到了，"我回答道，"这架飞机真漂亮。"

"那是我的飞机，"他低声说，"你就站在这儿，当我登机时，如果我给你打手势，你一句话也不要说，你上台阶，进门，坐在最后一个座位上。也别和任何乘客说话。"

"好的，伙计，非常感谢。太感激了。"我说。

三名空军飞行员登机了，后面跟着一队看着像是官员的文职人员。比奇飞机驾驶员走上台阶，转过身来向我比了个"上"的手势。我跳上了飞机，系好了安全带。他关上舱门，启动发动机，在跑道上滑行，然后就起飞了。这名飞行员真的救了我的命：飞行只需要一个多小时，但如果我走陆路，至少要花 12 个小时，那就几乎不可能赶上我的船了。

我们在柬埔寨边境附近飞了一会儿，我不禁好奇越南共产党是否就藏在那些绿树成荫、溪流纵横的美丽山丘里。这景象让我想起了纽约的卡茨基尔山脉。我还在想家的时候，就从白日梦中被惊醒。飞行员让副驾驶接替他的工作，他回到机舱与其他飞行员交谈，然后与其他乘客闲聊，那些乘客原来都是神职人员。然后，他径直朝我走来。

他俯下身，用嘶哑的声音低声说："要不是我在二战时期也当过商船水手，我早就把你扔在停机坪上不管了。"

"哇，太感谢了，兄弟！"我说。

"等你到了西贡，帮我个忙。"

"说吧。"

"你去洗个澡吧。"

第十五章　困在西贡

在西贡降落后，我再次感谢了飞行员，然后直奔美国大使馆。＊我来不及洗漱，就乘坐一辆军车进入了这座人口稠密、熙熙攘攘、有18万人的城市。

南越首都西贡就像曼哈顿一样拥挤，涂德街又名独立街，是南越的时代广场。但你看到的不是黄色出租车，而是电动或非电动的自行车，以及骑在上面的人和稀奇古怪的动物与货物：肩上扛着步枪的男人，仿佛是下了班的士兵；带着两个孩子和一个婴儿的母亲；以及在车把手上运送各种货物的男人和女人，这些货物包括梯子、装在板条箱里的鸡、螃蟹笼和装满蔬菜的大筐子。

他们会从那些嚼槟榔把牙齿嚼成红褐色的老妇身边呼啸而过；人们把肉铺在人行道上的垫子上售卖，狗在旁边跑来跑去；身着藏红袈裟的僧侣们匆忙地赶往寺庙；小贩们出售各种商品，从会唱歌的鸟到棺材都有。那里有一座美丽的寺庙，上面有龙舟和其他航海标志，也许是供奉古代海神的吧。我真希望能有时间进去看看，但却没有。

＊ 原文这里写的是领事馆（consulate），但在1967—1968年，西贡只有美国大使馆而没有美国领事馆。英文版中两者混用之处，中文版统一为"美国大使馆"。

崭新的美国大使馆建在棕榈树林立的统一大道上，与法国大使馆相邻，与英国大使馆隔街相望。三年前，位于咸宜大道的旧使馆发生汽车炸弹爆炸事件，造成 23 人死亡，其中包括一名为中情局工作的 21 岁女性。袭击事件发生后，美国建造了一座现代化的六层堡垒式建筑，看起来坚不可摧，就缺一条护城河了。

　　一进门，我就被工作人员从一个服务台踢到另一个服务台，好不容易我才找到了一个愿意搭理我的人。他不仅搭理我，而且他那里居然已经有我的失踪人口档案！上面说归仁的海岸警卫队已经联系了船长，船长告诉他们，只要我能赶上船，他就允许我回到船上。但这位使馆官员似乎并不像我一样觉得情况紧急，我忍不住在心里给他取了个绰号叫"海勒"，以此向讽刺小说《第二十二条军规》的作者约瑟夫·海勒致敬。海勒的这部代表作揭露了战争的荒诞和军方官僚主义的嘴脸。

　　"请出示护照。"

　　"我有海员证。我没有护照。我**从来**都没有护照，可我已经环游世界三次了。"

　　"很好，多诺霍先生，我理解你的焦急，但我们现在正在越南打仗啊。你要离开越南，就需要越南政府的签证，而办理越南签证又需要你的美国护照。"

　　"等等，我需要签证才能**离开**？大多数国家不都是**入境**才需要签证吗？他们这可能是想限制本国人民出境吧，大家都想逃离这可怕的地方。"

　　"多诺霍先生，我们是他们国家的客人，我们应该遵守他们的规定。我们大使馆的工作人员可以为您签发护照，就在隔壁。"

"哦，太好了！"

"但是今天不行，明天也不行，也许整个星期都不行。你要先照相并填写所有表格，这些材料还要经过审核处理。等你拿到护照，如果你能顺利拿到的话，我们就可以协助你办理签证手续了。"

"你刚刚告诉我，如果我能追上船，船长就愿意让我回到船上。可如果我坐在这里填你们的表格，我怎么能赶上我的船呢？"

"对不起了，伙计，这手续要好几天才能办下来，"海勒回答道，"我们这儿最近有点忙。"

不过，他似乎也有点同情我。

"你身上还有多少钱？"

我从口袋里掏出越南盾数了数。"差不多5块钱。"我回答。

"等一下。"他说。他又填了一张表，然后在桌子上翻来翻去，最后找到了一张名片。

"给，联系这个人，"海勒说着，把名片和表格递给我，"他是与军方合作的航运公司的代理人。给他这张我们的确认函，证明你不是在胡编乱造，尽管听起来的确让人难以置信。你得吃饭吧，也需要住处，更需要钱。我们这儿可不是收容流浪水手的慈善机构。"

"这要多久呢？"我问道。

"一会儿就行。"他不耐烦地说。

我深深地叹了一口气，但还是记下了船运代理商的名字。他是法国人。我进了隔壁的办公处，在那里歇了好一会儿，才等到他们找到人来给我拍护照照片。我当时留着胡须，又想不出有什么好笑的，只能希望照片上的自己能被认出来。然后我就径直走向法国人的家。作为帮助美国人获得战时国际物资的中间商，他发家致富了。他拥有一栋宽敞的联排别墅，有着气派的大门，就在西贡河边，门庭若市，还有仆人，其中有一位名叫明先生的越南助手，他会和老板讲法语。他是一位身材瘦削、举止庄重的老先生，如果他生活在美国的话，应该已经退休了。

法国代理商让我等在外面，他一边戴着老花镜看着我的美国大使馆文件，一边皱着眉头。

"在这儿等着！"他冲我叫道。我趁机往里偷偷地看了一眼，只见他蹒跚地穿过挂着吊灯的门厅，穿过两扇雕花大门，走进一间摆满书籍的房间。他回来时带着大约 40 美元现金。工会规定，当海员在外国港口的岸上时，船运公司必须每天向他支付工资，直到一切问题解决为止。我不浪费的话，这些钱足够我每天吃三顿热饭，睡一张小床了。我只需要每天到法国人家里领工资就行。这也是我一生都在工会工作的原因之一。正是工会的斗争为滞留在陆地上的海员赢得了福利。这些福利不通过斗争是不会轻易得到的，而我要感谢第一位勇于斗争的海员约瑟夫·柯伦，他却因为自己的抗争而被指控为叛变。上帝保佑国家海事工会。在这个形势越来越严峻的时刻，这可算是一个小小的好消息。

第十六章　行贿得用美元

　　我很快就发现西贡的物价高得离谱。于是，我四处打听，了解到一家韩国酒店，价格大约只有美国人在首都常住的酒店的四分之一。这样我每天就有足够的钱吃几顿像样的饭，喝几杯啤酒。那是在堤岸区，可以说是西贡的唐人街，大约有50万华裔居民。让我感到遗憾的是，政府关闭了堤岸区的"大世界"赌场，这是东南亚最大的赌场，据说因为是河上的黑帮在经营。也许是官员们没拿到足够的抽成吧。不过，在小巷子里还是藏着一些小赌场，比如"乐天"和"海天"。据说可以遇到美国将军在那里玩二十一点。

　　我走进酒店，对服务台的那位老人说了一句在海军陆战队里学到的蹩脚日语："你好吗，先生？"很多上了年纪的朝鲜人都会说日语，因为1910年，朝鲜沦为日本的地盘，他们自己的语言一度被禁止使用。

　　他用日语回答说："我很好，谢谢。"他的低廉房费正合我意。我可并不想要网球场和水疗中心。我办理了入住手续。为了遵守对比奇飞机驾驶员的承诺，我做的第一件事就是好好洗了个澡。虽然我仍然没有换洗的衣物，但我把衬衫和内衣洗干净了，拧干后让它们在西贡的阳光下晒干。每天，我都要回到法国代理商的家里取现金，然后去美国大使馆找我的朋友海勒，看看他们是否收到了我的护照。这种情况持续了大约四天。与此同时，我的那艘船正离我越来越远。我一直试图说服海勒不要那么形式主义。

"我已经环游世界三次了，从来都没带过护照，"我恳求他说，"我在菲律宾苏比克湾的美国海军陆战队服役过五个月，对那里的情况了如指掌。为什么不能让我搭乘军用运输机前往吕宋岛上的克拉克空军基地，我可以从那里飞往马尼拉？你们肯定整天都有往返那里的飞机，运送士兵什么的。"

海勒对我的案子似乎并不想特事特办，只是应付差事而已。不过，护照终于办下来了。它崭新的空白页面仿佛写满了希望，上面盖着 1968 年 1 月 26 日的邮戳，正好是我抵达西贡后一周，还附有一张我脸色阴沉的照片。

我现在很高兴，但只高兴了一小会儿，因为海勒提醒我，这还只是办成了一半。现在我必须拿着护照去南越国务院办理出境签证。这笔花费可不小。海勒说我必须贿赂那里的办事员，大约需要 9 000 越南盾，约合 900 美元。

我对他说："你知道我每天只有 40 美元的生活费！这 900 块钱我上哪儿去弄？"

"别担心，"海勒回答道，"我们会**借**钱给你。"显然，他对此已经习以为常。我在"借款"上签了字。

说着，海勒从抽屉里拿出一个灰色的带锁的盒子，数出一些现金，然后把钱塞进信封里封好。他叫来一位年轻的领事官员，把信封交给他，让他护送我去南越国务院大楼。

我们过去一看，队伍从门口一直排到大楼周围。这就像电影

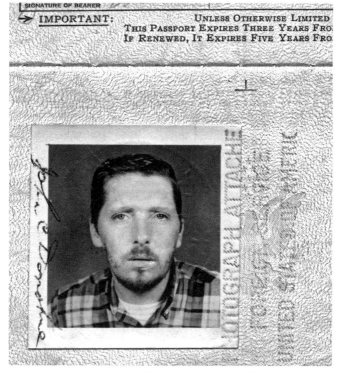

这是我在经历了一场堪比《第二十二条军规》的官僚噩梦后，终于拿到的美国驻西贡大使馆颁发的护照。我看上去满脸疲惫。

《卡萨布兰卡》一样：人们等啊等啊，等着离开这座由维希政权控制的摩洛哥城市，逃离纳粹的魔爪，而有些人永远也无法离开。因为领事官员和我在一起，所以我的手续要容易一些，尽管如此，我们还是花了大约两个小时，挨个在各种窗口填写表格。然后，我们坐下来和那个将要收取"费用"的人见面了。

那个年轻人负责监督整个交易过程，我甚至都没碰到过钱。我不认为他或海勒会拿回扣，他只是不放心让我保管那900美元。但这就是我的国家默许的腐败，在战争期间，南越政府的官员腐败十分猖獗。我真要感谢美国的纳税人，他们愿意拿出 900 美元交给"山姆大叔"，来帮我行贿。

我给他看了我崭新的护照，费了这么大劲，他却丝毫不感兴趣，然后我把装着厚厚一沓现金的大信封递给了他。你们绝对想不到：这个傲慢的家伙居然当着美国大使馆官员的面数了数钱！他在我的表格上做了一个记号，然后说："你的签证办好后，我们会通知美国大使馆的。"他甚至不肯当时就给我签证。真是让人干着急。等签证下来，我的船肯定已经在太平洋上，在回美国的半路上了。

第十七章　西贡卡拉韦勒屋顶酒吧

　　我得找份工作才行。我现在基本上住在西贡，虽然知道如何省钱生活，但不知道这样的日子会持续多久，每天 40 美元的生活费根本不够用。他们说大使馆没有工作机会。但我会调酒啊，于是我一家家酒吧地向越南老板打听有没有调酒师的职位。不知为什么，他们觉得这特别好笑。他们大笑起来，有的笑得前仰后合，我根本说服不了他们。

　　与此同时，我还在这里，而我的名单上还有其他人，比如理查德·雷诺兹，他是海军陆战队的一名少尉。我也不能漏掉乔伊·麦克法登，他是一名电工，后来在 1974 年，他从 20 英尺高的纽约谢亚球场的记分牌上摔下后，腿部骨折，替补投手塔格·麦格劳发现他时，他正在尖叫。博比·帕帕斯也在越南，他在隆平规模巨大的总部和弹药库，那里有 5 万名士兵，在圣诞节期间，鲍勃·霍普、芭芭拉·麦克奈尔和拉克尔·韦尔奇等艺人刚刚慰问过他们。我认为博比在 9 月 23 岁时被征召入伍是不公平的，那时他已经结婚生子，而且已经在陆军工程兵部队服过役。其他人可能会试图逃避兵役，但博比去了。我真的很想把啤酒和大家的祝福带给他。不过，我必须每天都到美国大使馆报到，这意味着我必须待在当地。

在西贡寻找工作的时候，我被这里缤纷的景色深深吸引。我在日本待过，那里异国情调和文明气息并存。但战时的西贡则以一种混乱的方式展现着它的斑斓色彩，更像是第三世界国家。在熙熙攘攘的露天市场上，人们售卖着各种东西，从丝绸连衣裙到板鸭，再到笼子里的奇异鸟类，所有商品都被并排挂在钩子上。从1858年拿破仑三世征服岘港到1956年最后一名法国士兵离开，法国人在越南进行了长达百年的殖民统治，尽管他们并不受欢迎，但至少他们建造了许多漂亮的白色灰泥建筑、城镇房屋和教堂，这些建筑伫立在巨大的棕榈树柱廊下。这就像把巴黎的一部分扔进了热带一样。

法国人在1880年建造了欧陆酒店，用来唤起他们对巴黎的回忆。这座酒店看上去就像一个漂亮的婚礼蛋糕，据说现在由科西嘉黑帮分子的儿子经营。我进去喝过几次酒，还悄悄溜上楼去看了214号房间，20世纪50年代初，英国小说家格雷厄姆·格林报道印度支那战争时，正是在这里写下了《安静的美国人》这部小说。

但我因衣衫褴褛而遭人白眼，所以我去了别的地方，我看起来肯定比酒吧里那些记者还糟糕。西贡仍然有一些讲究的殖民者还在光顾这家酒店，任何来越南的大人物也会去，比如与军方做生意的公司高管。他们应该都会住在欧陆酒店。

卡拉韦勒酒店才是更适合我的"茶"，或者说才是我的"啤酒"。它的主人是澳大利亚人，由澳大利亚海军陆战队把守，因为他们的大使馆就在里面。澳大利亚人是我们的盟友，当时在那里驻扎了大约7 500名士兵，整个战争期间累计驻扎了6万人。此外，还有约3 500名新西兰人也参加了这场战争。

因此，这里是澳大利亚人、新西兰人、加拿大人、爱尔兰人、英国人和其他美国"表兄弟"们聚集的地方，即使在地狱，他们也仍然懂得享受生活。他们和我一样，都欣赏着卡拉韦勒楼顶酒吧的美景。来自世界各地的许多战地记者也是如此。1965 年，哥伦比亚广播公司（CBS）驻外记者莫利·塞弗就住在卡拉韦勒酒店，并在这里工作，当时他的一篇报道在《CBS 沃尔特·克朗凯特晚间新闻》播出。该报道内容是关于美国海军陆战队奉命烧毁甘尼村。据报道，约翰逊总统勃然大怒，打电话给哥伦比亚广播公司的总裁弗兰克·斯坦顿，说："你的人昨天玷污了美国国旗。"他还下令调查塞弗是否与共产党有联系。当约翰逊总统得知塞弗不是共产党员，而是加拿大人的时候，他说："嗯，我就知道他**有问题**。"

战争初期，由于酒吧多次被炸，大多数酒店都把酒吧搬到了屋顶上，而卡拉韦勒酒吧是最好的。有这么多记者和流离失所者青睐这家酒吧，啤酒和故事在这里畅快地流淌着，形成了浓浓的欢乐气氛，所以这就成了我选择长期逗留的地方。

终于有一天，在我去大使馆进行每日登记时，办事员用手指着页面名单说："约翰·多诺霍？是的，你的签证获批了。"

"谢天谢地。"

"这是好的消息。"

"什么？那坏消息是什么？"我问道。

"你们的船已经离开马尼拉了。"

"**这**可真是惊喜啊！"我讽刺地喊道，"我简直应该打赌下注的！"

不过，这位官员接着说，马尼拉的另一艘船将在这几天装货，船长同意带我上船。他说，第二天，也就是 1968 年 1 月 31 日星期三，有一架早班飞机飞离新山一空军基地。

他建议说："今晚别玩得太疯了。明天出城可能会堵车。这是他们的新年，你知道的。"

哦，我就知道：卡拉韦勒酒店的工作人员整个星期都在暗示要给小费。那是持续数天的农历新年。他们告诉我，这叫春节，比我们的新年规模还大。越南人在新年期间要回乡探亲，并祭祀祖先。在卡拉韦勒酒店逗留的记者告诉我们，胡志明和武元甲将军曾提议在春节休战，约翰逊总统也同意了。据记者说："约翰逊总统甚至会停止轰炸北方。"

我谢过店员，匆匆赶往南越国务院。

"多诺霍？"

"怎么啦？"

"新年快乐，伙计。"

第十八章　找个朋友一起航海

　　我有了护照，有了签证；我感觉自己这么久了好像终于有了点进展。这种感觉很好，于是我就去涂德街，准备喝啤酒庆祝。我看到一家以前没去过的酒吧，便透过窗户向里张望，准备一探究竟。突然，我吃了一惊。约翰尼·杰克逊（化名）坐在吧凳上，就好像回到了熟悉的家乡一样。他是来自新泽西州的商船水手，我曾与他一起出海。我总是很喜欢和他一起玩，因为他知道所有港口的好去处。他比我年长，见多识广。

　　我走进去，拍了拍他的后背。

　　"让我看看你的身份证，水手！"我大喊道。

　　约翰尼真的开始把手伸进口袋，然后他抬起头看着我，眼睛瞪得老大。

　　"奇克？！"他笑着摇了摇头。

　　"约翰尼！你好吗，伙计？"

　　"你在哪艘船上，奇克？"

　　"我在岸上。"我说。

　　"你在西贡的岸上？"

　　"哎，说来话长，我也有点渴了。"

我们在那里坐了几个小时，互相讲着故事。约翰尼在"SS利蒙"号上为军队运送大量冷冻食品，从牛排到蓝莓，应有尽有。

"嘿，约翰尼，"我说，"我们不去'利蒙'号看看吗？"

这艘白色冷藏船建于1945年，当时二战已接近尾声，它矗立在西贡河的众多舢板之上，就像一个巨大的冰柜。这艘"利蒙"号能够冷藏7 000吨的易腐食品，足以应付横跨太平洋的漫长旅程。"利蒙"号是联合水果公司"大白舰队"的一部分，和平时期用于将香蕉和其他农产品从中美洲运往美国，现在则作为军事海运局的一部分，为美国海军服务。

越南港口保安让我登上码头，船上的宪兵在我出示海员证后让我和约翰尼一起登上"利蒙"号。约翰尼把我带到冰柜前，把它打开来。

里面应有尽有：龙虾、汉堡包、草莓冰激凌，你想得到的都有。任何可以冷冻的食物，他们都有。我不知道这一切都是要运去给谁，但我希望不仅仅是给军官们。约翰尼邀请我和其他海员一起共进晚餐，晚餐的食材就来自他们运输的这些美食。约翰尼把我的情况告诉了他们，到了该走的时候，他们给了我几件新衣服，还悄悄凑了100美元给我。我们同属一个海员工会，他们把我当兄弟对待。这件事我永远不会忘记。光是啤酒和龙虾就足够我铭记终生了。

约翰尼把我拉到一边说："听着，伙计，往上看。"

"什么？"我说，"南十字星吗？"很久以前，水手们把南十字星当作航海平安的象征。

"不，是月亮，伙计！在上面！"他用手指着说。

"月亮只是一道淡淡的银色弧线啊。"我说。

"没错。而且明天它就会消失,你知道这在越南意味着什么吗?"

"我不知道啊。"

"这意味着除夕夜到了!就像在咱们老家的唐人街一样,他们的节日基于朔日,没有月亮的时候,也就是夜晚最黑的时候。他们会在这一天祭拜祖先,祈求来年好运。他们称之为春节。他们宣布停火了!伙计,派对时间到了!"

"听着伙计,"他接着说,"我在这儿有个女朋友,每次我到港口都会去看她。她在南面开了一家小舞厅。我今晚要去看她,你也一起去吧?那地方可热闹了。我可以让一个伙计借你几件漂亮衣服。"我不想耽误早上的航班。但是,我们的晚餐和拿到一笔额外的现金让我备受鼓舞。我觉得我应付得来,于是我说:"为什么不呢?这样我还能体验一下越南的新年习俗。"

第十九章　宝贝，新年快乐

　　两个摩托车司机载着我们去了那家夜总会，沿着西贡河行驶了大约半小时。那是一个小地方，一半是木结构，一半是竹子，吊脚架在水面上。茅草屋顶的边缘挂满了圣诞彩灯，令人难以置信的是，这里还回荡着谢利斯乐队演唱的《士兵男孩》。约翰尼的女朋友一看到他就高兴得跳了起来，给了他一个大大的拥抱。我惊讶地听到我来自新泽西州贝永的朋友用法语和她甜言蜜语，然后她用英语问："你给我带了些美国唱片吗，约翰尼？"

　　"当然，我有，宝贝，最新的！"他递给她一叠45转黑胶唱片。然后他开始搂着她，用法语说一些让她咯咯笑个不停的话。

　　她没有点唱机，但有一个小的绿松石唱片转盘，她把唱片放进去时，兴奋地尖叫了一声，山姆和戴夫组合的《灵魂男子》的音乐响了起来。她和约翰尼，还有在场的大多数女人，都开始扭动身体跳舞。我走向吧台，那里只有两三个人，然后点了一杯啤酒。

　　我看着女士们穿着五颜六色的丝绸奥黛裙翩翩起舞。那是所有年轻女性都穿在丝绸长裤外的一种贴身外衣，侧面有一条长长的开衩。我曾向我在法国代理商家的朋友明先生打听过这种服装。当时在纽约，女孩和年轻女性如果穿裤子上学，是会被停学的，这样的服装在军队中是严禁女性穿着的，在办公室里穿也会引人侧目。但是在越南，所有女性都穿着这种连裙和裤子的套装。

明先生解释说："18世纪的一天，控制着越南南方的阮主，下令宫廷中的所有男女都必须穿丝绸长袍搭配裤子。这就是奥黛。据记载，这位阮主非常威风，有16个儿子。他想让自己的宫廷与他的敌人郑主的宫廷显得不一样。郑主从河内控制着越南北部。即使在那时，我们这个狭长的国家也是分裂的。在北方，男女贵族都在裙子外面穿着短上衣。阮主想与他们不同。当然这也与彰显地位有关。

"我们在学校学过，法国国王路易十四曾规定，凡尔赛宫中的男女都要穿红色高跟鞋。这也是他们炫耀自己不用干活的方式之一，因为法国农民可不会穿着这样的鞋子在田里干活。奥黛也是如此，因为制作奥黛需要大量的丝绸。那时，只有贵族才买得起丝绸，无论天气多么炎热，他们都要穿上一层又一层的丝绸来炫耀，他们宁愿像猪一样流汗，也不愿看起来很穷。"

他笑了笑，然后补充道："不过，尽管这身传统服装把女性从脖子到脚踝再到手腕都遮了起来，但如果你不介意我这么说的话，我还是觉得它非常性感。我们有一句谚语：'奥黛什么都遮了，却也什么都没遮。'"

当女孩们伴着《灵魂男子》的旋律跳舞时，我明白了明先生的意思。她们看起来只有十七八岁到二十出头之间。她们把头发高高盘起，像至上女声组合一样梳成束发，其中有几个女孩真的很漂亮，只是眼睛却透露着忧伤。我在想，她们的男朋友是否去打仗了，她们的父亲和兄弟是否也不在了。我知道她们来这里是为了钱，但她们还年轻，似乎真的想在战争中享受一点乐趣。

艾瑞莎·富兰克林的《尊重》响起，明亮的铜管乐开场，旋律瞬间充满整个舞厅。一位身着蓝色奥黛的年轻女子走了过来，她走路有点瘸。

"你请我喝西贡茶吗，先生？"

"没问题，为什么不呢？老板，请给这位女士来杯西贡茶。"西贡茶是不含酒精的，但她像喝威士忌一样一饮而尽。也许是为了庆祝新年，他们大方了一次，往茶里加了酒。她抓住我的手，在音乐声中用法语大喊："跟我跳舞！"看到我疑惑的笑容，她歪着头，闭上一只眼睛看着我。"嗯……红色，长头发。不是军人。澳大利亚人？"

"我没这个荣幸。"

"爱尔兰人？"

"嗯，爱尔兰人是我尊敬的祖先。我是美国人，但现在不再是军人了。"

"好吧，红头发！跟我跳跳舞！"

我拉着她的手，一起走向舞池，在那里，我跳起了我的招牌舞步，原地待着，身体随着音乐左右轻摆。她微笑着跟着我的节奏，突然音乐换了，大门乐队的吉姆·莫里森那洪亮有力的嗓音唱了起来："你知道这是不真实的，你知道我会是个骗子……"

这首歌确实不太适合跳双摆舞。我把"蓝衣女郎"拉近了些，我们随着缓慢的舞曲轻轻摇摆着身体。

"你叫什么名字？"我问道。

"我的名字读作 Dao，"她说，"意思是'桃花'。"

"我好像从来没见过。"

"我这里就有一个。"她说着，撩开了奥黛。她的大腿内侧有一条长长的伤疤。她在上面纹了一根树枝，树枝上缠绕着娇嫩的粉色花朵。

"美极了。"我说。我没有问她伤疤是怎么来的。我暗自思忖，这伤痕不知道是我们的弹片还是越南共产党的弹片造成的。

"没错，桃花被认为是最美丽的花朵之一，尤其是在春节期间，"她解释道，"我们会把桃花和五种最美味的水果摆在祭坛上，献给祖先，好让逝去的亲人再次享受到最美好的事物……"

她停了一会儿，然后怀念地说："我们这里曾经有很多美好的东西。"

凝视着她棕色的眼睛，我思绪翻涌。那双眼睛让我想起了高中时读过的一首诗，作者是法国超现实主义作家安德烈·布勒东，诗句我一直铭记于心：她的"眼睛是斧下无尽的木头，她的眼睛是监狱里喝的那汪水"*。我很理解她的怀旧。几周前，我自己也唱过《友谊地久天长》。

"春节——那是你们的新年，对吗？"我问道。

"是的。"她有点心不在焉地回答道。

"今年是哪一年？"

"今年是 4847 年，差不多是 5000 年了！我们是一个很老的国家！"

---

* 安德烈·布勒东的这首诗是《自由结合》，也译作《爱的自由》《我妻子》，相关部分的诗句是："我妻子的眼睛是稀树草原/我妻子的眼睛是监狱里喝的那汪水/我妻子的眼睛是斧下无尽的木头/是水的准线气的准线是土与火的准线。"参见《盈边：安德烈·布勒东诗选》，唐珺译，北京：北京联合出版公司 2024 年版，第 75 页。

"哇！我们那边的纪年只有你们的一半，而美国的历史就更年轻了。我们过新年的时候喝香槟，唱首歌来缅怀老朋友和熟人。"我说道。

"我们过年会祭拜祖先，给孩子们新衣服和红包。红色是新年的颜色，因为吃小孩的'年兽'害怕红色，看到红色就不会靠近。所以，你就是我的辟邪符，红头发先生！"

"我想这有点像我们的妖怪，但它是全年都在的。我们还会下新年决心，你们呢？"

"新年革命？！"她疑惑地瞥了我一眼 *。

"不是新年革命，哈哈……是**新年决心**。它们是对自己的承诺，让自己变得更好。在新的一年里做出好的改变。不过到了3月的圣帕特里克节，我们就把它们忘了。"

"那是你们举办焰火表演的时候吗？"

"不，圣帕特里克节我们举办的是盛大游行。大型焰火晚会是在7月4日，那是我们的'独立日'，是我们从英国人手中赢得自由的日子。"

"就像法国有巴士底日一样。"

"是的，不过法国人是通过结束君主制获得自由的。我们的民主是通过驱逐殖民统治者英国人而赢得的。"

"嗯……"一阵令人尴尬的沉默笼罩了我们。

"告诉我，红头发先生，"她试探着问道，"法国人和你们美国人，为什么对自己的革命和独立如此自豪，却不愿意让别人也拥有

---

* 蓝衣姑娘把"resolution"（决心）误会成了"revolution"（革命）。

自己的革命和独立呢？你知道吗，我们从耶稣降生以来，就一直在争取我们的独立了？"

我开始怀疑她是不是越南共产党的"玛塔·哈里"，那个在一战期间为德国当间谍的异国舞女。幸运的是，我可没有任何国家机密可以让她套出来。

"嗯，"我回答道，"亦步亦趋地跟着莫斯科，我可不会称之为'独立'。"

"每个人都想控制我们这个小国。而你们和其他国家都这么强大，富得什么都有！有时我在想，我们的山里会不会藏着黄金、红宝石和钻石，有的是我们不知道但你们知道的。就像士兵们说的那样，我不明白。"

我不得不承认，她很有胆量。也有可能是西贡茶里掺了烈性酒给她壮了胆吧，谁知道呢？我考虑过跟她讲多米诺骨牌效应，一旦越南被共产党拿下，那么老挝也会步其后尘，然后是柬埔寨、泰国。接下来，马来西亚、缅甸、印度尼西亚，甚至澳大利亚和印度都可能受到威胁。但我不想跟她讲这些。

"嘿，今天是除夕夜，美女。你真的想谈政治吗？告诉我你今晚有什么愿望吧。"

"我们祈求健康、财富和好运……"

"我现在正需要一点儿运气呢。"

"还有，如果你还没有结婚，我们还会祝你'*Chuc mau chong tim duoc nguoi yeu*'。"说着，她开始疯狂地笑起来。

"哇，那一定是好事情。这句话是什么意思呢？"

"不告诉你。"她笑个不停地说。

"噢，别这样嘛。我再请你喝杯西贡茶。"

"好吧！这句话的意思是，'祝你新年找到新爱情'。"她说，仍然咯咯笑着。

她拉着我的手，把我带到俯瞰河流的竹栏杆旁。一弯如指甲般的月亮划破了漆黑的河水，公路已变成了一片模糊的炭痕。无数颗樱花般的焰火震撼着夜空。

她说："新年马上要到了。"

"那好吧，"我说，"咱们来庆祝一下吧。"

凌晨时分，约翰尼从女友所在的房间里走出来，说他必须回船上去。我也必须赶明早飞往马尼拉的航班，只有几个小时就要起飞了。我可能真不该出来狂欢的。酒保和另一个人还在旁边守着，等我们离开。

"他们错过假期了，"我说，"我真为他们难过。"

"别难过，"约翰尼说，"他们很高兴见到我们，因为与士兵不同，他们知道海员的工资是用美元支付的。在这里的黑市上，美元的价值可以翻 5 到 10 倍。这就是为什么越南共产党很少攻击海员。"

约翰尼问他们能不能送我们回西贡，他们很高兴能接这个活儿。我们跟姑娘们道了别。我可不想跟桃说我还会再见到她。如果我留在越南的话我会这么说，但我现在要离开这个地方了。

我告诉她："我祝你身体健康、财源滚滚。就像爱尔兰人所说：'每一次暴风雨都会带来彩虹；每一次眼泪都会带来微笑；每一声叹息都会带来甜美的歌声；每一次祈祷都会得到回应。'"

对桃来说，离别仿佛是家常便饭。

她用越南语说，"祝你新年找到新爱情"，并对我露出一个悲伤的微笑。

"你也是。"我说。

约翰尼和我走下摇摇晃晃的台阶，跳上酒保的摩托车后座，离开了这里。

我们让他们在一个岔路口停下。约翰尼朝码头走去，我则返回堤岸区，也就是唐人街那里。

约翰尼帮我重新振作起来，比"蛋头先生"*恢复得还要好，现在我已经完全可以离开越南了。我有点尴尬地凑过去，伸出一条手臂给了他一个拥抱。

"咱们回家见。"我说。

"没问题，伙计。"约翰尼答道。

我们朝着不同的方向轰鸣而去。我又看了一眼天空。朦胧的新月已经不见了。

---

* "蛋头先生"（Humpty Dumpty）是英国童谣中的人物，他有着鸡蛋的形状，坐在高墙上，摔下后就再也拼不回去了。

第二十章　大量越南共产党

　　我们离西贡越来越近，烟花的声音也越来越大。南越总统阮文绍已经解除了实施多年的烟花禁令，我在市场上看到了各色各样的烟花在售卖。人们对春节的到来充满期待，用长长的红色链条把它们悬挂在屋檐下。焰火的声音是多么热闹啊。我不禁在想，孩子们会不会像我们以前在纽约那样，为了更响的声音把 M-80 鞭炮扔进垃圾桶里。

　　回到酒店的大堂，经理在桌子周围挂满了红金色的小信封，大概是希望能得到小费吧。我按了按铃，经理揉着眼睛从里屋走了出来。把他叫醒让我有点不好意思，但我想结账，并提醒他天亮前要开车送我去美国大使馆，以便在早上搭上前往新山一空军基地的军车。他还记得呢。我请他 5 点钟叫醒我，只有两个小时了。我希望他不会睡过头。虽然飞机 11 点才起飞，但我不想冒险错过航班。

　　我看到角落里原本布满尘埃的佛像现在却闪闪发光，还装饰着水果和鲜花。"桃花？"我指着花蕾用越南语问道。"是桃花。"他点点头，看起来有点惊讶。

　　我回到房间，迅速把东西塞进包里。我没有多少行李。然后我就瘫倒在了床上，而且我不必担心不能及时醒来。那震耳欲聋的

"砰砰砰"声大得离谱，我辗转反侧了一个小时想要入睡，可是一点用都没有。

我想，这些人可真的很喜欢新年放烟花啊。

就在这时，我的窗户被什么东西打破了。玻璃碎了一地，我听到街上有人大喊大叫。

搞什么鬼？我心想。新年的交通会很混乱，我得赶紧走了。我抓起包，飞奔下楼。当时是 4 点多一点。

大厅里空无一人。我对着前台向里屋喊道："老爹！老爹！你在哪儿？我要**马上搭车去美国大使馆！我给你双倍的钱！**"

经理跑了出来，似乎蹲在了桌子后面。他用韩语对我大喊大叫起来。不知怎么的，我还以为他是在叫我不要出声，这可太讽刺了。然后他换成了法语。

他喊道："Beaucoup 越南共产党！"

Beaucoup 越南共产党？要知道，"beaucoup"在法语中是"很多"的意思，或者像我们以前在纽约打牌或打赌赢了大钱时常说的那样，是"很多"美元的意思。我回旅馆的路上**一个人**都没看到，更别说越南共产党了。他在说什么？是几分钟前我听到大喊大叫的那十几个人吗？我不停催促他离开；我几乎把身上所有的美元都给了他。

他慌乱不安。他看起来愿意不惜一切代价摆脱我。他用日语喊我跟他走。外面漆黑一片，一点儿月光都没有。我们从后门跑到他的车旁，跳上车，飞快地开走了，时速大约 90 英里。我的意思是，我确实是急着去大使馆，但这也太夸张了。他惊慌失措，但却一直在小路上狂奔，而不是主干道上，我心想，这样下去我们永远也到不了。他到底为什么要走这条路？我抬头环顾四周，街上一个人也没有。我想，人们大概是前一晚节庆的酒还没醒吧。没有一辆车或一个行人在动，甚至连一只猫都没有。但头顶上却响起直升机的声音，然后汽车"嘎吱"一声停了下来。

路口的各个拐角都拉满了蛇腹形铁丝网，封锁了整个十字路口。事情有些不对劲，但还不至于让我放弃去大使馆。

老爹把车开上了人行道，行驶了大约一个街区后，警察突然包围了我们。这些人是南越国家警察，人们称他们为"白老鼠"，既因为他们穿着白衬衫，也因为他们不受尊重。他们大约有十个人，用机枪指着车里对我们大喊大叫，说的是越南语。

我大声回道："好的！好的！冷静点！别激动！"我可不希望我们任何一个人被南越的"友军火力"误伤。

我口袋里大概有50块钱。我给了老爹48块，并用他的母语韩语说（出于尊重，我终于开始学韩语了）："再见，老爹，谢谢您做的一切。"我要赶飞机了。

我完全不知道当时到底发生了什么事，但我仍然认为，只要我赶到大使馆，我的车就会在那里等着我。我们会顺利到达机场，然后我将顺利登机，赶往马尼拉与我的船会合，然后回家。

天啊，我真的是在否认现实。

我小心翼翼地下了车，一遍又一遍地说"美国大使馆"。也许他们以为我在那里工作。他们放我走了。他们一点儿也不在乎我。

我沿着西贡河一直走，来到了西贡马杰斯迪克酒店。这是一家美丽的老派法国殖民地酒店。从它的天台上，你可以看到河对岸的村庄，那里仍有成片的农田和茅草屋。它总是让我想起纽约，哈得孙河西岸有着新泽西州绿树掩映下的帕利塞兹悬崖，与我们的大都市隔河相望。

但现在，一切都变得一点儿也不平静了。荷枪实弹的便装人员在马杰斯迪克酒店外面说着英语——他们是美国人。

"这到底是怎么回事？"我问道。

其中一个人说："Beaucoup越南共产党，伙计。"

我想，现在连美国人都这么说了。

"这是什么意思呀？"我追问道。

"越南共产党几小时前袭击了西贡，"另一个人说，"他们占领了半个堤岸区。西贡到处都在打仗，他们想占领整座城市。"

"什么？！可是，我得去美国大使馆。"我有点丧失理智地坚持着。我整晚听到的肯定不是放烟花的声音。

"越南共产党已经占领了大使馆，伙计！"他喊道，"宪兵和海军陆战队正在里面抵抗他们！"

越南共产党游击队占领了美国大使馆？这怎么可能呢？

三辆运兵车呼啸而至，约十名美国突击队员像兰博*一样全副武装，跳了出来。他们什么枪都有。他们上下打量了一下街道，然后护送一位贵宾走进了马杰斯迪克酒店。我没看清他的脸。据我所知，可能是埃尔斯沃思·邦克大使。但这些人看起来筋疲力尽，为了把他带到这里，他们肯定经历过不止一次枪战。

我能听到街对面南越海军总部和河对岸某处传来的枪声。我沿

---

* 约翰·兰博（John Rambo），美国1982年开始上映的风靡一时的动作电影《第一滴血》系列中的男主角，一名虚构的美国陆军特种部队越战退役老兵，代表了几代美国人所标榜的硬汉形象，由美国动作男星史泰龙饰演。

着涂德街往前走，这里就像 1959 年哈里·贝拉方特主演的科幻电影《世界，众生和恶魔》中的街道，这部电影讲述的是世界末日的故事。一路没人，静悄悄的，除了楼上可能偶尔晃动一下的窗帘，看不到任何生命迹象。我心想，如果我能顺利走过五个街区到达大使馆，我就安全了。我仍然不相信越南共产党真的占领了大使馆。也许当时仍有武装运输车开往新山一军用机场。但我不知道谁藏在哪个门洞里，所以我紧贴着建筑物之间的泥灰墙前进。

我快到布林克斯酒店了，战时这里被改造成了美国陆军单身军官宿舍。这里曾是一个很热闹的地方，直到越南共产党于 1964 年圣诞前夜把它炸了，还炸死了两名军官，炸伤了 60 个庆祝节日的人。从那时起，布林克斯酒店就加强了安保措施，但现在的布林克斯酒店更像一座堡垒。外面有一辆装甲车，周围都是武装到牙齿的宪兵，前面堆满了沙袋。

"越南共产党进来了吗?!"我问一位宪兵。

"没有，但他们已经占领了我们的大使馆，还有新山一的机场，他们现在正试图占领总统府。越南共产党和北越军已经打遍了整个越南!"

机场居然也在他们手上?! 威斯特摩兰将军将其庞大的军事援助越南司令部总部设在新山一，被称为"东方五角大楼"。这怎么可能呢? 我以为只是几名越南共产党袭击了机场，然后被我们的宪兵迅速击退了。我不知道越南共产党用整整三个营的兵力袭击了机场，只有少量来自第 716 军警队的兵力和南越军队的两个连在抵抗，他们伤亡惨重，直到第 25 步兵师的坦克赶到。

宪兵说："先生，您必须离开这里。"

我想走，但是我不喜欢他这样命令我。

"让我捋捋清楚，"我说，"你告诉我越南共产党进入了西贡，这里是美军前哨站，我又是美国人，你却让我离开？你到底想让我去哪儿？"

我一直认为美国军队的首要任务是保护美国平民。

"对不起，先生，但您不能留在这里。我有令在身。"

"这话我以前也听过。"我说。

第二十一章　停火协议被打破

我后来才知道，几千名游击队员袭击了西贡，他们是 84 000 名北越军队和越南共产党士兵的一部分，他们袭击了南越各地的 100 个城镇和重要军事地点，这就是后来众所周知的"春节攻势"。这次袭击是由武元甲将军和他的军事后勤人员黎笋策划的，他们利用了约翰逊总统接受新年休战的机会发动了这次袭击。这就是背信弃义的定义。

一个月前，美国将西贡的安全交给了南越国家警察，在此之前，我们的军队和警察已经为其进行了长期培训。武元甲将军肯定意识到了那里的弱点。他确信，如果他的军队和越南共产党能占领美国大使馆、总统府、机场和广播电台等战略要地，那么西贡和越南其他城镇的人民就能加入他们的起义。至少，这对在国内通过晚间新闻看到这个事件的美国人来说，是非常糟糕的。

三个月以来，敌人一直用运蔬菜的卡车将武器弹药偷偷运进城镇。现在，士兵们自己也伪装成返乡过年的旅行者，混了进来。为了庆祝春节，双方已经宣布停火五天。

他们打破了停火协定，袭击了西贡和驻扎在茱莱港、富牌、新山一、安溪、永隆等地的主要美军基地和机场，以及美军在安溪和永隆的重要设施。美军领导层收到情报称，即将有大事发生，但他们低估了其规模。从 1968 年 1 月 29 日到 3 月 31 日，在为期两个月的"春节攻势"期间，美军死亡人数为 3 895 人，平民死亡人数为 14 300 人，南越士兵死亡人数为 4 954 人，盟军死亡人数为 214 人，北越和越南共产党部队死亡人数为 58 373 人。

许多美国人不禁要问，数以万计的军队如何能携带大炮、武器和弹药"潜入"南越，并且让我们的军事领导人如此措手不及。地图讲述了部分故事。越南的形状像一根狗骨头，中部非常狭窄，有些地方只有 30 英里宽。老挝和柬埔寨与之相邻，也是狗骨头的形状。北越部队可以沿着胡志明小道徒步穿越丛林南下，穿过老挝，然后是柬埔寨，从西面渗透到南越。

另一个因素是，我们的政治和军事领导人认为北越绝不会冒犯这个深具宗教意义的节日。威斯特摩兰称其为"圣诞节、感恩节和国庆节的合体"。

北越军的八个营攻占了顺化这座古老的皇城，海军陆战队和陆军不得不与他们激战 25 天，才将他们击退。两个营攻入了邦美蜀；两个营进攻了汤米·柯林斯所在的归仁；两个营进攻芽庄。三个营袭击了昆嵩，另外三个营占领了西贡郊外的新山一空军基地，那里是威斯特摩兰将军的总部所在地。驻扎在新山一的第 716 军和第 92 军警营与他们展开了长达七个小时的枪战才击退他们。虽然大多数地方在几天甚至几小时内就被夺回，但顺化、大叻、波来古等地的战斗会持续数周。美国陆军七个营已被调遣到西贡。

武元甲将军发动的起义从未真正实现，但他却在第一天就赢得了宣传战：当美国人民看到我们的大使馆和威斯特摩兰将军的军事总部遭到围攻时，他们对白宫和军方声明的不信任感和反战情绪都日益高涨。

第二十二章　被围困的美国大使馆

被驱逐出布林克斯酒店后，我继续沿着统一大道的围墙朝美国大使馆方向贴着墙慢慢前进。当我们夺回大使馆时，我得让自己就在附近，我以为这会很快发生。我还不知道大使馆里只有少量士兵，也不知道这些士兵一直以来都受到各种限制。

我顺着宽阔的林荫大道望去，六层楼高的使馆办公楼矗立在大道尽头，两旁林立着各国使馆。这座办公楼于9月份启用，它看起来就像一个巨大的混凝土碎奶酪器，四周是8英尺高的钢筋混凝土墙。

我现在离大使馆只有两个街区了，枪声越来越响。直升机螺旋桨拍打着头顶的空气。街道对面有武装的美国人，他们没有穿军装，挥手示意我待在马路这边别过去。

凌晨3点不到的时候，越南共产党突击队员乘坐一辆出租车来到使馆大院侧门，用AK-47自动步枪向守门的两名年轻宪兵开火。来自北卡罗来纳州达勒姆市的四级专业军士查尔斯·L.丹尼尔，还有来自纽约州奥尔巴尼市的威廉·塞巴斯特下士边开枪还击边猛地关上大门。

"他们进来了！他们进来了！"丹尼尔发送着无线电，"请求支援！"

那天，包括我在内的一些人都认为，他们打开过大门，让一名长期在使馆工作的持有证件的司机进入，他们从未想到司机其实是一名卧底的越南共产党。

军方告诉记者，训练有素的越南共产党 C-10 突击营的游击队员从一辆卡车上下来，不一会儿就在侧门附近的墙上炸开了一个 3 英尺的大洞。他们的领队阮文秀第一个穿过大洞。高层声称，他立即被塞巴斯特和丹尼尔击毙，他的副手同样身亡。

又有 17 名越南共产党士兵手持机枪冲进了大使馆。20 岁的塞巴斯特和 23 岁的丹尼尔在建筑外竭尽全力还击，直到不幸中弹身亡。

美国海军陆战队中士罗纳德·W.哈珀，20 岁，来自明尼苏达州的剑桥，枪响时他正在大使馆警戒区附近。他意识到使馆楼上有人在工作，便冲过院子，进入使馆大厅，经过海军陆战队员乔治·扎胡尔兰尼克，乔治也是 20 岁，正在通过无线电发出求援信号。哈珀闩上了大使馆巨大的木质大门。

仅仅几秒钟后，一枚反坦克火箭弹就穿过了使馆墙壁，在大厅里爆炸。来自宾夕法尼亚州尤宁敦的扎胡尔兰尼克头部和胸部受重伤，他们的无线电也被毁。又有两枚火箭弹穿过大厅。哈珀跑到扎胡尔兰尼克身边进行急救。一名工兵将一枚手榴弹扔进窗栅，将他们身边的大理石地板炸出了一个洞。

两名年轻的宪兵响应第一波的无线电求援信号，飞奔到前门。来自底特律的乔尼·B.托马斯中士，24 岁，以及来自加州林伍德的 20 岁四级专业军士欧文·梅巴斯特，在俄制卡拉什尼科夫冲锋枪的猛烈扫射中遭遇伏击身亡。

越南共产党切断了电话线，哈珀只能独自留守使馆一楼，没有通信工具，身上只有一把点38手枪、一把12号口径霰弹枪、一把装有手枪子弹的贝瑞塔M12冲锋枪以及他拥有的其他任何弹药。他能听到越南共产党就在外面，却不知道对方有多少人。楼上有三名中央情报局工作人员和另外五人，他们都只带着手枪。哈珀以为自己会死在那里，但他决心坚守岗位，不让越南共产党进来。

我前面为什么说他们"受到各种限制"呢？由于使用了旧历来确定元旦，尽管北越军队五个连队在前一天晚上提前进入了13座城市，但美国高层还是抓住了这一线索，让军队进入戒备状态。但美方却只增加了**一名海军陆战队员**来守卫美国驻西贡大使馆，使守军总数达到三名。他们把来自加利福尼亚州塞尔玛的鲁迪·索托中士安排在楼顶，配备一把手枪和一支M16步枪，但步枪在战斗开始后几分钟就卡壳了。至于我经常造访的使馆大楼，高层认为只需和通常一样，有一名海军陆战队士兵守卫就足够了。

至少索托在楼顶上有一台无线电，但因为里面没有回应，他猜测哈珀和扎胡尔兰尼克肯定死了。在17名越南共产党突击队员占领场地后，这位25岁的中士在六楼用手枪尽全力抵抗。

与此同时，希勒尔·施瓦茨少校和第101空降师的其他飞行员不断试图将直升机降落在屋顶的停机坪上，但都被猛烈的机枪扫射一次又一次地赶走。那天夜里的某个时候，受伤的扎胡尔兰尼克被带到了楼顶，施瓦茨降落的时间刚好够把他空运出来。少校飞回来后，他和第101空降师的其他直升机飞行员在上空盘旋，当时我正沿着林荫大道前行。

此时，我正从一棵棕榈树走到另一棵树。有些棕榈树有 3 英尺宽——法国人在林荫大道上种植了一排，就像一条热带的香榭丽舍大街。感谢法国殖民主义留下的这一遗迹。我可以躲在一棵树后面，然后迅速向前冲，再躲在下一棵树后面寻求掩护。

这张照片不是我拍的，但它捕捉到了我非常熟悉的时刻："春节攻势"的第一晚，美国大使馆被越南共产党游击队占领，两名士兵躲在统一大道美国大使馆前的一棵树后面。我也这么躲着，万分庆幸自己能在那个血雨腥风的夜晚活下来。（图片来源：美国陆军军事史中心）

我试了试街边美国新闻署的大门和侧门——它们都紧紧地锁着。

我没有看到其他人，也没有看到自行车和摩托车，街道两旁什么动静都没有。人们要么在混乱中逃离家园，要么已经躲起来了。西贡警察迅速用蛇腹形铁丝网封锁了主要的十字路口。但是，离大使馆最近、负责守卫统一大道的分局警察拒绝让乘坐运兵车赶来的美国宪兵把他们接走。据报道，他们锁上了警察局，并躲了起来。

我开始跑向下一个街角，也就是大使馆前面的最后一个街区。

在我右边的小路中间，有一个景象几乎让我停下了脚步。那是一辆漂亮的旧雷诺豪华轿车，但不幸的是，有个人死在后座上。而那个可能是他司机的人则面朝下趴在路面上，他的头浸在光环一样的血泊中。

我走到拐角处，躲在第一棵树后面。天快亮时，美国宪兵和便装人员从我所在的街道一侧用步枪向大使馆射击，直升机也继续盘旋。在一片漆黑和通信受阻的情况下，我们的士兵不知道有多少突击队员闯入了馆内，也不知道他们是否还在大使馆大楼内，更不知道美国人是否在馆外战斗。他们不想误伤美国人。

后来我在《纽约时报》和其他报纸上读到，美国海军陆战队军士长詹姆斯·康拉德·马歇尔，一个来自亚拉巴马州门罗维尔的20岁年轻人，独自守卫着独立的一栋一层使馆建筑。他在屋顶上勇敢地战斗，直到被狙击手一枪射穿喉咙。马歇尔是历史上第一位为保卫美国大使馆而战死的海军陆战队员。

黎明时分，一名陆军宪兵上尉和来自波士顿的英勇善战的20岁二等兵保罗·希利就带领其他宪兵开始了营救行动。希利实际上是最后一天在越南服役，其他人在这种情况下可能会退缩，但这孩子没有。他试图用吉普车撞开前门，但没有成功，于是他在越南共产党的炮火下跑到门前，朝门锁开了六枪，最后终于打开了门锁。他跳上吉普车顶，隔墙向敌人射击。然后，宪兵们冲了进去。

希利装备着一支M16步枪、一把点45手枪和一把点38手枪，击退了从树后射击的越南共产党突击队员。有一次，附近的一名突击队员向希利投掷了一枚中国制手榴弹，手榴弹落在了他的腿上。希利跳到扔手榴弹的人身后，结果手榴弹炸死了这名突击队员，也炸伤了希利的手。只剩三发子弹的时候，这位年轻的士兵大喊："谁再进来不带弹药的，我就要开枪打他了！"

另一名越南共产党工兵从大使馆后面走来，希利向他开了一枪。他在波士顿街头养成的直觉告诉他，那个工兵来的地方还有更多的人，事实正是如此，那里有三个人，他击退了他们。

宪兵们知道，在整个进攻过程中，手无寸铁的使团协调员、退役上校乔治·雅各布森和另一名手无寸铁的工作人员一直被困在美国使团别墅里。正如雅各布森上校后来证实的那样，希利穿过枪林弹雨冲向别墅，他在门外发现了一双带血的凉鞋。他和一名海军陆战队员并肩边冲边射击。越南共产党游击队员击中了海军陆战队员的腹股沟，希利把他拖回安全地带。

这时，希利抬头看见雅各布森上校站在二楼的窗口。"我意识到雅各布森什么武器都没有，"他后来告诉作家罗恩·斯坦曼，"我出去拿起我的点 45 口径手枪，朝他抛了上去。大概抛了十次才被他接住。"

雅各布森接住枪，转过身，正好与游击队员面对面，游击队员向他开枪，但没有打中。雅各布森随后用希利的点 45 手枪将其打死。

我看到一架军用直升机降落在大使馆的屋顶上。几分钟后它飞走了，然后另一架直升机降落了几分钟后也离开了。我看不到上面发生了什么，但我推测他们是在空降人员。

后来我才知道，来自第502步兵团C连的伞兵乘坐的七架直升机最终得以降落在大使馆屋顶上。在里面的一个绝密通讯室里，他们发现了用手枪武装自己的工作人员。

地面开始震动，我们的一辆坦克轰隆隆地从侧面的街道开到了大使馆前面。我看着它的炮塔转过来，然后"轰"的一声巨响！坦克炮弹在大使馆墙上炸出了一个洞。这是一个令人难以置信的景象：我们自己的坦克向美国外交机构开火，而且在战斗的这个阶段，完全没必要。我相信是最高层的一些将领下令的，这样他们就可以声称是越南的工兵在墙上炸了一个洞，以此掩盖他们自己的错误决定，即在提前24小时知道北方已经发起袭击的情况下，却没有为我们的大使馆提供足够的安全保障。美国大使的司机一进去，可能就直接杀了两名守门的宪兵，然后让他的同伙进门。

大约就在此时，大使馆院内的枪声全部停止了。我听到有人喊："别开枪！"

过了一会儿，我就看到宪兵、海军陆战队卫兵、伞兵和平民在院子里走动起来了。我不想碍他们的事，就绕到了旁边的寰亭志街，来到了车辆入口处。

在侧门内的人行道上，两名年轻的宪兵躺在地上，已经去世了，他们的宪兵兄弟守在一旁。我停了一下，祷告了片刻。

我看到树周围的花盆边有十或十二个穿着黑衣、戴着红袖章的越南共产党，倒在地上已经死亡。其他死亡的越南共产党则伪装成了南越军队的士兵。

在大使馆工作过的人告诉我，两名死去的游击队员身上有大使馆雇员的证件。其中一位曾在大使馆当了多年司机，最近还担任了埃尔斯沃思·邦克大使的司机。他可能经常载着大使在西贡四处奔波，因此听到了不少情报。有人说，他们的计划是获取机密文件并将其交给武元甲将军，这可能就是中情局特工在楼上看守文件的原因。

凌晨3点，越南共产党游击队只用了19个人就占领了我们的大使馆，并一直坚守到早上9点左右，大使馆才被我们的部队夺回。17名越南共产党阵亡，两人被俘。

我看着地上的尸体，不禁想，他们怎么会认为自己能成功占领并守住美国大使馆呢？当然，他们也并没有这么以为。他们一定都知道自己会有去无回。他们不可能留在那里，第二天，一切就会恢复原样。但他们会死去。我想，这真是一种愚蠢的献身精神。但是，如果对他们来说，目的就是闯进去并在美国国内敲响警钟，那么，他们成功了。美国公众震惊无比地看到，我们新建的、坚固的大使馆和整个西贡，这座南越的首都，在"春节攻势"中被北越军队和越南共产党攻陷了。这些穿着黑色睡衣的人为了武元甲将军宣传的胜利而英年早逝。而这位将军后来却活到了102岁的高龄。

大使馆院内人头攒动，一片混乱，于是我走了进去。混凝土外墙有三处被苏联反坦克火箭弹炸碎，火箭筒火箭弹也在院子四周的墙上炸穿了一个个的洞。草地上和车道上还有五六具北越游击队员的尸体。他们虽然瘦削，但让我惊讶的是他们看上去很精干有力。大多数人看起来和我们的小伙子们年龄相仿。

我进去一看，里面的景象并不是工作人员们回到了工作岗位，双手叠放在办公桌上，等着继续处理大使馆日常事务，并帮助我顺利继续行程。不，现在这里完全被军方接管了，他们正在焦虑地寻找答案:"这到底是怎么发生的?"

我看到了一个我认识的人。

"他们有多少人?他们中有人闯进大使馆了吗?"我问他。

"他们一共有 19 个人,都没能闯进去!"他说,"伞兵降落在屋顶上,然后逐层搜查。他们在楼上发现了大约 8 名工作人员,其中一人躲在床下。"

"一名海军陆战队员整晚都在大厅里向他们开火,"他继续说道,"他的搭档一开始就受了重伤。另一名海军陆战队员独自守卫大使馆,他在屋顶开火时被打死了。听着,伙计,我得走了,威斯特摩兰将军要来这里了。"

这让我为曾经当过海军陆战队员而自豪。

我在大使馆里四处游荡,没有人质疑我。我猜他们以为我有什么任务,就像我之前在外面看到的那些便衣武装人员一样,他们无疑是中情局的人。但后来我找到了他:那个我之前称为"官僚海勒"的人。现在我得叫他"英雄海勒",而且我又需要他的帮助了。他没有了往日的干净利落,可能是急急忙忙赶来的,时速都飙到了 90 英里。

"哦,不会吧。"他看到我时说道。

"海勒!我可真高兴找到你!"

"多诺霍,你到底在这里干什么?!"

"你忘了吗?你不是帮我弄到了今天早上从新山一起飞的航班,去马尼拉赶我的船吗?现在还有去机场的交通工具吗?"他看着我,好像我是个笨蛋、疯子,或者吓傻了。也许我真的震惊过度了。我不敢相信我所看到的一切。

"他们**占领**了新山一机场，伙计！你还不明白吗?！别管马尼拉了！忘了你的船吧！回你的酒店去！"

"我回不了酒店！"

"我不是在请求你回去，伙计，我是在命令你。回你的酒店去，这是直接命令。"

我说："我住的酒店在堤岸区啊。"

他迅速回答道："不行，不行，等一下。你不能去堤岸区。那里已经被越南共产党占领了！"他走开，然后停了下来，重重地叹了一口气。

"这样吧，稍等一下。"他说着，走到一张桌子后面，拿起一张表格，飞快地在上面写了几笔，然后递给我。

"拿着这个去涂德街找家大的酒店待着吧，"他嘱咐道，"把它交给礼宾员就行。"

我低头一看，这是一张带有美国国徽的酒店住宿凭证，"由美国大使馆支付"。他在上面填了我的名字，并写下了开始日期——1968 年 1 月 31 日，但没有写结束日期。"哇，伙计，我该怎么感谢你呢？"

"你赶紧离开这里就当是谢我了。"他说，然后离开了。

第二十三章　总统府之战

我离开大使馆的时候，有两个穿便服的年轻人也在撤离，我问他们："嘿，你们有车吗？"

一个人心不在焉地说："有啊。你要搭便车吗？"

我心想，如果我回不了韩国老爹家，也不能去卡拉韦勒酒店，澳大利亚的卫兵们可能把那里的铁门关得严严实实，那我还不如去法国殖民时期修建的欧陆酒店。我在去大使馆的路上看到它是开着的，并且有人把守。此外，它就像一座堡垒，而且靠近西贡圣母大教堂，万一我想祈祷，也很方便。

"如果你们要去欧陆酒店，我倒是想搭个便车。"

"那正是我们要去的地方，"他说，"上车吧。"

我跳进了后座。然后开车的人对他的同伴说："给我们多拿些'家伙'吧。"

于是，他回到大使馆内，几分钟后，手里拿着三把点 45 手枪、枪套和弹夹出来了。他递给司机一把枪，又递给我一把。我接过手枪，没时间解释我的情况，他们也没问。我猜他们一定是中情局的人。我们没打算闲聊，纷纷穿上枪套，司机飞快地开车离开了。

他沿着主干道一路风驰电掣，正巧驶过那辆老雷诺车，两具尸体还在那里。我们一路飞驰，我抬起头，看到有几个人正从窗户和门缝向外张望。

他一路猛踩油门，直接驶过了涂德街，错过了去酒店的转弯口。当他开到下一个路口时，我说："嗯，你们不是要去欧陆酒店吗？"

他回答说："我们是去那里啊。"说完，他又转了一个弯，那里就是他所说的"宫殿"，那里并不是酒店，而是总统府，是南越的白宫。* 突然，"砰"的一声！一枚火箭弹击中了在我们前面飞驰的吉普车，这是我们视线里唯一的一辆车。吉普车被炸上了天，车里的人向四面八方飞了出去。

我的两个同伴马上跳下吉普车，一个向左，一个向右，撒腿就跑。吉普车继续向前滑行，我也低着头跳了出去。我躲到另一棵巨大的棕榈树后面。枪声大作，但一名身着韩国军服、高大得像约翰·韦恩一样的士兵穿过枪林弹雨，冲向第一辆吉普车。他从地上抓起一个伤员，抱起来就跑，扛着他跑到街区尽头，穿过墙上的一扇门。后来我才知道，那是韩国大使官邸。警卫把其他人留在了街上。他们已经不动弹了。

我抬头向后看，想确定枪声是从哪里传来的。越南共产党占据了一个由混凝土和钢筋框架组成的在建大楼，大约有五层楼高。他们手持机枪和火箭筒，向正在还击的总统府卫兵发射火箭弹。后来才知道，越南共产党派出了 13 名工兵，其中包括一名女兵，他们被赶出总统府后，就躲在那里。我注意到身后的水泥墙上有一个凹

---

    * 作者要去的酒店叫作"Continental Palace"，而总统府是"Presidential Palace"。作者只说是去"the Palace"，同行的人可能误以为是去总统府。

处，我跑过去，紧紧地把自己挤了进去。

我看到大约 30 码的地方，一名年轻的宪兵躺在人行道上。他还是个大孩子，脸上还有婴儿肥。我想去看看他的伤势，但又担心总统府卫兵会把我误认为敌人，朝我开火。但我又不能让他躺在那儿不管。

我趴下身子，沿着墙一寸一寸地挪动，突然听到一个声音，差点没把我吓破胆。"退后！"一个男人嘶哑地低吼着，"别管了，他死了。我已经看过了。"

我一看，原来是另一个人躺在街上，受了伤，我之前根本没看到他。他身着便装，但握着一把点 45 手枪。他低声说："我没事，你退后。"

我缩回了墙角夹缝里。从那里，我可以看到总统府大门内，穿着白色制服的南越国家警察和普通的南越陆军士兵正聚集在场地里。他们正在与一些美军军官争论着什么。

接着，地面开始颤抖，三辆美军坦克隆隆地驶下街道。南越陆军和美军军官跑出来迎接他们。然后，他们又开始争论，而美国士兵则冒着炮火跑去救治那个瘫倒在街上穿便服的伤员。

他们没有看到我，但我离他们只有大约 20 英尺。我听到的主要内容是，美国军官们想炸掉我身后的墙，然后去追击越南共产党。但南越陆军和南越警察却希望美国人赶紧离开那里。就在一个月前，他们才开始负责西贡的安全。他们用英语说他们应付得来；他们能保护他们的阮文绍总统，不需要美国人的帮助。我当时的想法是，**到目前为止，他们可干得"真不错"呀**！

一名气急败坏的美军中尉朝南越军官喊道："你们不需要我们

的帮助，是吧?！好得很，我们去帮助那些需要我们的人！"

他示意坦克手们继续沿着街区前进，坦克随即驶离。后面紧随着满载伤员的吉普车，那个警告我不要靠近的人也在其中。死者被留在了原地。后来我才知道，他们把伤员送到了第十七野战医院，而这家医院也遭到了越南共产党的袭击。

我想，也许我应该和他们一起走。但我又对自己说，不行，他们现在有点忙，而且他们不会在乎我，也不该在乎我。他们正在寻找越南共产党，而我正在努力逃离越南共产党。

然后，一群南越警察手持 M16 走了出来。他们完全不知道我躲在墙缝里。一个美国人和他们在一起，我猜他是一名顾问，因为他佩戴着某种美国警察的徽章。自 20 世纪 50 年代以来，美国警察、警长和骑兵都曾作为顾问在越南训练南越警察。1963 年 6 月，在一次抗议天主教政权压迫佛教多数群体的游行中，时任总统吴廷琰的弟弟吴廷瑈领导的准军事部队枪杀了八名儿童和一名妇女，随后肯尼迪总统加强了美国顾问计划。

随后，佛教僧侣释广德在西贡的一个十字路口自焚以示抗议，吴廷瑈傲慢的妻子吴夫人，轻蔑地称之为"一场烧烤"。吴廷瑈的手下随后从佛寺的祭坛上偷走了这位圣人烧焦的心脏。次年 11 月，吴廷瑈和他的哥哥——总统吴廷琰——遇刺身亡，就在肯尼迪总统遇刺三周前。

我前面的这位美国警察正操着中北部州的口音，对白衫军大喊大叫，他可能来自明尼苏达州或威斯康星州。他的翻译解释说，他想靠梯子爬上那栋建筑物的一个突出平台。那个美国人吼道："我们冲进去干掉他们！"

现在，我不会说越南语，但我不需要翻译就能看出来，这些人并不喜欢这个主意。他们因惊恐而浑身紧绷。真成了一群"白老鼠"。

"快点！你们到底在干什么？我们必须得把楼里的人清除掉！"

他们一点儿也没动。

"我们扔点烟雾弹，然后就趁乱爬上去，你们其他人负责掩护。见鬼，快干啊！"

口译员大喊着他的翻译内容，可能连他的脏话也翻译了，但"白老鼠们"只是站在那里摇头。

最后，那个美国警察喊道："该死的，给我个梯子，我来！"

南越警察们觉得这个主意听起来顺耳多了。他们急忙跑进总统府场地，搬回来一个伸缩梯子。越南共产党士兵一路上朝他们开火。南越警察扔着烟雾弹，现场枪声大作，但那个美国警察却飞快地爬上梯子翻过了围墙。

大约一秒钟后，"砰"的一声！那名美国警察整个人向后飞了出来，重重地摔在地上。他已经昏了过去，但幸运的是，他应该还活着，因为越南人把他抬起来，一边喊叫着一边沿着街道跑去。他们把他扔进一辆皮卡车的后座，跳上车和他一起，然后冒着枪林弹雨疾驰而去。

那过后，就再也没有人从总统府里出来到街上了。我窝在那个墙角，感觉像是过了一个世纪，总统府卫兵和建筑工地里的游击队之间的枪战还在继续。这场交火将持续 15 个小时。南越总统阮文绍甚至都不在总统府里：他安全地在岳母家里过新年，那个地方在湄公河三角洲的美寿，大约有一个半小时的车程。天啊，他一点都没掌握关于袭击的线索。又或许，他已经了如指掌。

第二十四章　我已死亡，身处炼狱吗？

太阳开始下山了。我不知道越南共产党占领了西贡多少地方。我没想到我能撑那么久。

我开始沿着墙壁爬行，远离总统府。我来到一扇门前，伸手试了试，门锁得很紧。下一栋建筑也是一样。我到了街角，转过身，眼前是一扇普通公寓楼敞开的大门。我走了进去，大厅里空无一人。我试着锁上身后的门，但门锁坏了。我走进了一扇室内的门，并成功锁上了它。

我当时在过道里，找不到灯，里面漆黑一片。我坐在楼梯下面，在黑暗中等待着。整晚都没有人进出。大家可能都逃离了这栋建筑。据我判断，没有任何东西经过这栋楼前面：没有汽车，没有卡车，没有人。我还带着点 45 手枪，还有七颗子弹，如果有人走进那扇门，我想我会开枪的。

你知道吗，在纽约，人们会说："奇克什么人都认识。"什么人都认识并不一定意味着就都是朋友，当然了，谢天谢地，我确实有很多朋友，但我几乎认识所有人。我这人善于交际嘛。

但在这里，我眼睁睁地看着人们被杀，却一个人也不认识。更糟糕的是，也没有人认识我。我们的军人帮不了我，他们有自己的麻烦。我就像个隐形人。他们没时间理我，我也不怪他们。如果是我，我也会这么做。越南警察也帮不了我什么，他们正在努力帮助自己的国家。没有可以说话的人。我有生以来还是头一次这么孤独。我以前从未体会过这种感觉，这感觉并不好。

我不知道自己是睡得迷迷糊糊，还是饿得头昏眼花，又或者是暂时精神错乱了，但在黑暗中独自警戒了几个小时后，我开始产生幻视和幻听了。

"奇克，快，再给我两个鸡蛋！"

"不行，伙计，'笑笑'，你上次没扔中——你怎么能错过环线渡轮呢？再说我只剩四个鸡蛋了。"

"给我一个吧，就给一个！"

我和"笑笑"站在亨利·哈得孙大桥的蓝色栈桥上，朝斯派滕戴维尔河上的日间客运轮船扔鸡蛋。在这个烈日炎炎的7月，桥上稍微凉快一点，但也凉快不了多少，所以当"笑笑"砸中一个戴帽子的男人时，从那人的肢体语言中可以看出他有多生气，这就到了我们庆祝的时候了。我们手脚并用地爬上大桥布朗克斯一侧的悬崖。潮水还需要一小会儿才会涌向因伍德那边，我们可以借助潮水漂游回家，我们祈祷这段时间不要正好赶上往河里排污水，否则我们就只能疯狂地潜到水下去躲过"这一劫"。

"我要从大C上跳下去！"里克·达根喊道。最高的那座悬崖上涂着一个巨大的蓝色字母C，代表哥伦比亚大学，高出水面90英尺。"我也要跳！"汤米·柯林斯附和道。

"不行！"我大喊，"如果你们在我的照看下死掉了，你们的妈妈和我妈会把我杀死两次！"

我爬上了我们称之为"大男孩"的那座悬崖。我久久看着新泽西州对面的帕利塞兹，我爸爸正在帕利塞兹公园的过山车下卖热狗。他白天卖热狗，晚上在新泽西州恩格尔伍德的辉柏嘉制笔厂打杂。我又凝视着曼哈顿，凝视着我们心爱的因伍德公园，那里也是郁郁葱葱，有着同样的原始森林，1626 年，在莱纳普印第安人把他们的岛屿"卖"给殖民地"新尼德兰"的总督彼得·米纽伊特之前，人们在那里的神圣郁金香树下遮荫。蔚蓝的水域下方没有船只。我摆了一个"泰山式"，用力一蹬，跳了下去，然后我就开始坠落、坠落、坠落，"扑通"溅起水花！然后是一片黑暗。

我突然清醒了过来。

我没有跳进斯派滕戴维尔的清凉河水里。我还在西贡市中心一条荒凉的公寓楼走廊里，这里就像纽约下东区的俄式蒸汽浴室一样闷热。我走到门口，仍然能听到几个街区外传来的枪声。我开始在过道里踱步。

　　"嘿，孩子！你在那儿胡闹吗？我叫你呢！"

　　我姑姑弗洛伦斯经营着迪克曼民主俱乐部，我在里面扫地，这时我停了下来。我冲过去一看，法官正在和一些政治活动家玩扑克牌，他们是俱乐部的常客。

　　"奇克，去本尼家给我买支雪茄，好吗？不，两根。我感觉这将是一场漫——长——的比赛。"所有人都会心地笑了起来。

　　我知道他说的不是"同花顺"打败"葫芦"。他们真正在玩的游戏是让自己中意的候选人当选，或者奖励当地律师当法官，因为这些律师帮了他们很多忙，比如帮他们的亲戚摆脱困境。

"对，再买副新扑克牌，奇克。"

"还有奶油苏打水。"

"还有克拉克巧克力棒，孩子。"

"百事可乐。"

"可惜他买不到啤酒！"大家笑得更开心了。

"好吧，如果我们让奥康奈尔当选，就让他提出一项法案，规定孩子们可以凭父母的字条买啤酒。"笑声更大了。

"也许他应该以此为竞选纲领！那会赢得选票的！"喧闹的笑声此起彼伏。

他们都给了我一沓沓的钞票，但他们知道我都会记清楚。法官给了我十块钱，我很高兴，他给小费可大方了。

我打开门，周六的阳光洒进了昏暗的俱乐部，我跑向街角的本尼餐厅。我买了麦克纽杜雪茄和一副蓝底单车扑克牌。我跑回黑暗的俱乐部，把战利品和找零分给大家，当我走到法官面前时，我听到了一句神奇的话："留着吧，奇克。"

"非常感谢您，法官大人！"我发自肺腑地说，大伙儿听了哈哈大笑。他们的笑声在黑暗中回荡，我听到姑姑在笑声中呼唤："该回家了，奇克！你妈妈要你回家。快回家吧！快回家去！"

我从梦中或者幻觉中醒来，心想，嘿，你可不能走神，伙计！如果越南共产党能进入美国大使馆对着里面的植物撒尿，那他们就可能无所不在。得保持清醒！

我靠墙坐在阴暗处。什么也看不到，什么也听不到。

就在那时，我想……我可能真的死了。

我想自己可能和其他人一样，在大使馆前中枪了。我觉得自己可能是在那棵树后面突然中枪死掉的，因为我不记得自己受了伤。我想我可能已经死了，也不知道我家人知道这消息会怎么样。我陷入了深深的沉思，我回归了我的天主教信仰，我的宗教训练，我当时相信我一定是在炼狱里。

在天主教学校里，他们讲了很多关于地狱和天堂的故事。他们甚至谈到了"地狱边缘"，说未受洗的婴儿和正直的非天主教徒都会去那里，所以我总是想象亚伯拉罕·林肯和许多婴儿一起在"地狱边缘"里飘来飘去的情景。但他们从未真正把"炼狱"讲得很清楚。

这种孤独会不会就是我的炼狱呢？一个我不和任何人说话，也没有人和我说话的地方。在我成长的地方，每个人都互相认识，我也认识每个人。我不用走出一个街区就能看到熟人，与他们交谈。即使在这里，在战区，我也遇得到我认识的人。但现在，也许是我记忆中的第一次，我完全独自一人待了一段时间，这感觉就像……死亡一样。

就是这样，还有对未知的恐惧，对门外事物的恐惧。到底发生了什么？也许越南共产党会从那扇门进来。我正在为这种可能发生的结局做准备。

不过，在这种情况下，你没有时间去害怕。你最好保持清醒的头脑。我这么说是什么意思？就是别做傻事。别走出去跑到马路中间，四处张望，然后说："喂！有人吗？！"因为确实有人在，而且他们可能并不喜欢你。

第二十五章　结交一位南越警察

不知过了多少个小时，阳光透过门缝照进来。一只蜘蛛从光斑上面迅速爬过。我站起身，冒险走了出去。我四下张望，看了看街道两头，空旷而宁静。于是，我跟跟跄跄地沿着楼房走到了涂德街。你仍然可以听到城市各处响起的枪声，还有一群直升机正在上空盘旋。现在有很多南越警察都出来了，但街上仍然没什么行人，几乎看不见车辆通行。

我只是四处游荡，已经完全放弃了回到船上的念头。我以为自己已经死了。这些都不重要了。

就在那时，我听到了一声："啊，奇克！"

我抬起头来。那是马丁，"SS 利蒙"号上的一名海员。

我问他："嘿，伙计……你这是还活着对吗？"

"什么意思？你在说什么？"

"我们俩都还活着？"

"奇克，你还好吗？"马丁问道，从他的表情可以看出，他认为我精神失常了，"你为什么不跟我一起回'利蒙'号呢，我们去见约翰尼吧。"

我告诉他："你是几天来我见到的第一个我认识的人，伙计！"

我太高兴了。"我真高兴我们还活着！"

"是啊，我们都还活着！"马丁说着，拍了拍我的背，但他看起来很担心。他试图说服我和他一起回到船上，我向他表示感谢，并让他向我的商船老朋友约翰尼·杰克逊问好。但我不得不继续赶路。

到了这会儿，我要搭的第二艘船肯定也已经起航了，所以我必须找个地方躲起来，想出一个C计划。我徒步走进下一个街区，走到站在街道中央的一名南越警察面前。我问他堤岸区的情况，我之前住的酒店就在那里。那里爆发了与越南共产党的逐户巷战，越南共产党占领了富寿赛马场后，就以此为基地发动攻击。房屋被炸毁，堤岸区整个街区最终可能会被夷为平地。这也许是与中国的对抗，但具有讽刺意味的是，很可能他们使用的是中国制造的火箭弹。

他用几乎毫无瑕疵的英语说："越南共产党在堤岸区仍然到处都是。"

我说："我得找家酒店住。"他怀疑地看着我，好像在说，嗯，旅游旺季已经过去了，伙计。

但我还是简单地向他讲述了我的事，并出示了我那天从大使馆拿到的酒店住宿凭证，想起那天真的感觉恍若隔世。他点了点头，似乎接受了我的解释。

"你看到了吗？"他指着街对面的一栋小楼问道，"那是我父亲的旅馆。"

他在那里站岗显然是为了保护他的父亲，可能还有其他家人。那家旅馆看起来就像秘密汽车旅馆，你知道，就是那种情侣去那里待上一个小时左右的地方。但我不在乎，我需要重整旗鼓，也许住一个晚上，最多两晚，然后最终离开这个城市。

"你们有空房间吗?"我问。他听了这话，看了我一眼。我们俩都忍不住笑了起来。整个地方都空荡荡的。这是我几天来第一次笑，对他来说可能也一样。他的名字叫容，我们后来成了朋友。我把凭证给了他，他把我带进旅馆，他父亲给了我一个房间，然后我就躺在枕头上睡了。我躲在公寓过道的时候没怎么睡过觉，人在死去的时候是不需要睡觉的。

第二十六章　饥荒中满载食物的冷冻货船

　　美军在六小时内重新控制了美国大使馆，南越人在第二天也重新夺回了阮文绍的总统府，但越南共产党仍然控制着全国各地的城市，他们仍然占领着西贡郊外的机场和首都的部分地区。在随后的几天里，这座城市被封锁了。夜里你会听到零星的枪声。街上出现了难民，垃圾也堆积如山。

　　最糟糕的是，没有食物。西贡得不到任何卡车运来的物资，港口也封锁了。有消息称，码头工人同情共产党，因此佯装罢工，阻止物资运进来。多说一句，他们一定收买了腐败的南越官员。

　　城市被封锁了。阿容父亲的那间小小的灰色旅馆里没有食物，所以我很快就只把它当作睡觉的地方，然后就去为西方记者服务的大饭店里找东西吃。我在卡拉韦勒酒店顶层的酒吧找到了食物，也找到了些处境类似的人。但是，随着"春节攻势"持续到2月份，到处都食物短缺了。卡拉韦勒也只剩米饭和一些蔬菜了，偶尔有一些虾。

　　但由于港口封锁，约翰尼的"SS利蒙"号仍然装得满满的，停泊在海面上。船上装满了冷冻排骨和火腿，我幻想着汉堡包，就像《大力水手》动画片里那个痴迷汉堡包的乞丐温皮一样。尽管港口已经封了，但我还是去了那里，因为用银行劫匪威利·萨顿的话来说，那里才是有食物的地方。

码头上守卫森严，但我随手亮出海员证，几乎没有放慢脚步。白衫军拦住我，看了看证件，又看了看我，然后挥手示意我通行。

我到了船上，说找约翰尼。他来到舷梯旁，认真地看了我一眼。"你没事吧，奇克？"我猜是他的同伴告诉他我的近况的。

"我没事，我没事。只是有点饿。"

约翰尼把我带到厨房，我们以前在那里吃过饭，他和海员们又让我大吃了一顿：烤鸡、玉米棒、烤土豆。我真不敢相信，从来没有任何食物吃起来比这顿更美味。他们已经吃饱了，坐在那里开心地看着我大快朵颐。反正他们也没别的事可做。约翰尼和"SS 利蒙"号上的其他水手接到命令，必须留在船上。船长这么做也并不是过度谨慎：几年前，"SS 巴尔的摩特快"号接到启航命令时，船上的两名海员下船去岘港找他们的船长，但他们再也没有回来过。就在我躲在棕榈树后面的那一天，另一艘货船"SS 哥伦比亚银行家"号上的一名年轻商船水手迈克尔·C.米勒，在美国大使馆前遇难了。也许他就是我看到的被士兵们用吉普车运走的人之一，真相如何我就不得而知了。

船上也并不安全。约翰尼和其他水手待在"利蒙"号上就像靶子一样，我觉得"利蒙"号在码头简直就像一个大靶心。1966 年 8 月 26 日，另一艘与"利蒙"号一样的胜利货轮"SS 巴东·鲁热"号在驶往西贡的途中，被一枚水雷炸出了一个 45 英尺宽的大洞。船上引擎舱的七名海员全部遇难。

我努力逗海员们开心，最后千恩万谢地站起来准备离开。我对他们说："听着，西贡现在死气沉沉的，商店都关门了，旅馆里也没有食物。你们介意我带点食物回去，给在卡拉韦勒酒吧工作的那些人吗？"

他们说没问题。他们才不在乎呢。他们有成吨的食物，但他们知道，如果"春节攻势"持续下去，他们就必须把这些食物全部运回马尼拉。于是，他们给我装了一个大行李袋，里面塞满了汉堡包、整鸡和玉米棒。他们趁大副不注意，把我偷偷带出去了。当我通过安检时，警卫已经换班了，于是我向他们出示了我的美国护照。我需要来回切换：入港的时候用海员证，出港的时候用盖有"美国驻西贡大使馆"印章的美国护照。

在卡拉韦勒酒吧，我攥着装满走私货物的包，走到经理面前。

"跟我回厨房吧。"我笑着说。

当我们走到不锈钢桌旁时，我把所有的东西都倒了出来，周围顿时响起一片欢呼声。经理说我就像背着一大包礼物的圣诞老人。厨师和调酒师都争先恐后地拿起东西，立即开始烹饪，不是为了客人，而是为了自己。厨师们都**饿坏了**。我告诉他们，如果"SS 利蒙"号的海员进来，一定要酒水免费。

在酒吧，记者们对阮文绍总统宣布将对十八九岁的年轻人实施征兵制而摇头叹息。他们为这些孩子感到难过，当然，他们也为我们自己的孩子而难过，但他们感到难以置信的是，征兵制度直到现在才建立，因为美国男孩从 1965 年起就被征召入伍参加越南战争了。

我每天都去美国大使馆查看是否能登上任何船只返回美国。我愿意免费工作以支付船费，但是没有任何船只启航。然后，我再去法国代理商的家。这人我再也没见过。他的彬彬有礼的仆人明先生说他去了乡下，我心想，是哪个乡下？巴厘岛，还是法国？我会留下来和明先生聊会儿天，他可能比他的老板更有教养。过会儿他会给我预支几天的生活费。

我每天都回到"利蒙"号，和大家一起玩，他们觉得自己被困在了船上。我向他们介绍外面的情况，告诉他们厨师们——其中一些是受过法式烹饪培训的厨师——烹饪美食的不同方法。然后，他们就像圣诞老人的小精灵一样，把我的包装满食物，我才离开。他们会想出各种办法，把我和这个"聚宝盆"在船长眼皮底下偷偷带下船。他们喜欢做一些有价值的事情，而不是闲着无聊。

我很快就开始给我的朋友们也带食物了，比如南越警察阿容和他的父亲，他父亲是我住的那家小旅馆的老板。他们开始分给亲戚和孩子们，然后邻居们又带着他们的孩子们出现。我永远不会忘记，孩子们吃到蔬菜时脸上洋溢着的幸福表情。我提醒自己记得，以后去拿食物时要塞点曲奇饼干在包里。

天气热得睡不着的时候，我和阿容就会坐在后院，他简单吃点晚饭，我们会聊政治聊到凌晨。他向我讲述了他们国家悠久而悲惨的历史，包括 13 世纪忽必烈征服越南的那段往事，那恰好是马可·波罗也在越南的东京，对满是文身的男女惊叹不已的时代。阿容说，几个世纪以来，越南人民曾进行过无数次的反抗。

我们美国人踏入了一个与中东一样充满历史宿怨的地区。现在，中国正在向北越军队提供沈阳歼-6 战斗机、苏联机枪、56 式突击步枪和中国军用手榴弹。当我告诉阿容，胡志明和我一样也曾是一名海员，而且他曾于 20 世纪初在布鲁克林生活和工作过时，他

越南的孩子们,跟所有孩子一样,在战争时期早熟得很。
(照片来源:里克•达根)

简直不敢相信。

很快,我就每天晚上都要背着两只行李袋下船了。当我告诉"利蒙"号上的海员,甚至连酒店的厨师都省着吃饭,以便把食物带回家给孩子们吃时,他们让我带双倍的食物下船。卡拉韦勒酒店的厨师们每晚都在为越来越多的人提供食物,因为他们有秘密供应渠道的消息一定已经传开了。为了让大家都能吃饱,他们在我带来的食材中,加入大米和他们自己在屋顶上种植的蔬菜,他们都成了食材使用大师。这就像圣经故事里的五饼二鱼一样神奇。

我在卡拉韦勒酒店认识了一位常客,我也要让他吃饱。他叫本,我叫他本•许尔。他说自己有俄罗斯血统、犹太血统、亚洲血统和美洲原住民血统，是一个世界人。他能说七种语言，这对开展全球业务来说堪称完美组合。本是一家公司的大人物，这家公司用美国纳税人的钱把电脑运进南越，他在西贡认识很多神通广大的人物。就像我必须贿赂南越国务院官员让我出境一样，本·许尔也必须贿赂南越政府官僚，让他们接受我们免费赠送的价值数百万美元的大型计算机。

　　本对此倒无所谓，因为他已经习惯了在世界各地支付贿赂。他认为这不过是做生意的成本。而我却对这种现状感到愤怒，因为我们在帮助他们打击敌人的同时，竟然还要付钱给他们，让他们"收下"我们的礼物。我保证下一次带吃的回来时，让他先吃。本选择吃龙虾，当他尝到龙虾的黄油酱汁时，我可以发誓他的眼睛里泛起了泪光。我们每晚为厨房和酒吧的工作人员提供食物后，就可以免费喝酒。因此，本和我会常坐在那里聊天，看着直升机飞过西贡圣母院大教堂的尖顶和旧西贡歌剧院。我们能听到远处的枪声，甚至能听到 B-52 轰炸机投弹的声音。这是一个观战的绝佳地点。

　　眺望地平线，我很担心我的朋友们，许多地方的战斗依然激烈。里克和第一骑兵师 B 连的其他成员被派去攻击山区里一个新建的北越基地，而这对他来说仅仅是个开始。凯文随"亚美利加师"*被派往茱莱，越南共产党在那里已经用火箭炮轰炸了一个月。我不知道理查德·雷诺兹和乔伊·麦克法登在哪里。越南共产党炸毁部分弹药库并占领电台和火车站时，汤米·柯林斯正在归仁，到处都是巷战。

---

* American Division，即美国陆军第 23 步兵师。

汤米后来告诉我："在'春节攻势'前的几周里，村里的老妈妈们一直在告诉我们，'Beaucoup VC, beaucoup VC'，意思是'很多越南共产党'正进入该地区。我们向军队情报部门报告了此事，但他们说这消息'未经证实'。"

"'春节攻势'的第一个晚上，我们的伏击巡逻队全军覆没。然后越南共产党杀了市长，又杀了部落酋长。"那时越南还有少数民族酋长，就像1958年改编自格雷厄姆·格林的电影《安静的美国人》中在西贡拍摄的真实酋长一样，该片由奥迪·墨菲主演，他本是二战英雄，后来成了好莱坞演员。

汤米所在的第127宪兵连和第93宪兵营奉命击退越南共产党。汤米的一位朋友，也是宪兵队的战友，在试图引出狙击手时中弹身亡了。汤米被派去看守战俘营，那里是越南共产党的重要目标，越南共产党不断试图解救战俘。汤米的部队死伤惨重。

是的，我一直在想我的那些老友，还有在旅途中结识的他们的战友们，他们在那片可怕的、被撕裂的土地上究竟怎么样了。

第二十七章　海防官兵：大船上的重要工作

　　一天晚上，一名海岸警卫队军官来到了卡拉韦勒酒吧，他看起来需要喝一杯解解愁。

　　他袖子上的盾牌徽章下有三道金杠，显示着他的高级军衔。这位军官举止自信，很有权威感，但他看起来心事重重。我后来了解到，他对那些陷入困境的船只负有重大责任，比如"SS 利蒙"号和"SS 美国游客"号。这些船只在西贡河上漂浮了几个星期后，却仍然满载货物，因为越南码头工人仍在罢工，拒绝卸货。这些船只停泊得离城市海岸这么近，本来受到攻击的风险就已经很高，而现在，在"春节攻势"期间，这种风险更是急剧上升。他对此没有说太多，只是提到这是"春节攻势"开始后，他喝到的第一杯啤酒。我简直不敢相信，我竟然在和一位美国海岸警卫队少校一起喝酒。酒吧让人们平等相待。

　　在谈论了大约一个小时关于战争的总体情况和我们各自在海上的生活后，他话锋一转，问我在美丽的西贡市中心做什么。

　　"好吧，少校……"

　　"叫我弗兰克就行。"

　　"行，那个，弗兰克，目前我正在找工作。"

"是吗？你在船上是做什么工作？"

"我是个机油工，不过我还可以在轮机舱里胜任很多工作。"

"你有安全许可吗？"

"我有啊！"

也许经过交谈后他开始信任我了，于是他说："我可能有份工作给你，在归仁那边儿。"

归仁！那正是我初到越南的地方，汤米·柯林斯就驻扎在那里。少校说，一艘二战时期的海岸警卫队 T2 型油轮，是油轮舰队的主力，能装载近 600 万加仑燃油，正停靠在近海，为城市供应能源。他补充说，一名病重的海员已被直升机送往医院，而且不会很快康复。这艘油轮不会离开，因为它为其他船只甚至沿海设施提供能源。当它停泊在港口时，你可以一直在上面工作，直到它不得不去加满油，可能是在马来西亚，然后再回来。*

"一份工作！"我说，"我要了！"我想象着在汤米·柯林斯余下的服役期里，和他一起度过美好的时光。

"你确定愿意冒这个险吗？"他问，"一艘装满燃油的船停在南海，在那儿工作可是风险不小呢。"

"没问题，"我向他保证，"我的朋友和他的伙伴都是那儿的宪兵，他们很厉害的。"

"薪酬方面，我不知道你是否会觉得满意……"少校斜着眼看

---

* 讽刺的是，1975 年西贡沦陷前的两个月，经过多年昂贵的勘探，美国美孚石油公司在白虎油田发现了石油。共产党领导层与苏联建立了名为"越苏石油"的合作伙伴关系，接管了该油田，帮助越南拥有了今天 40 亿加仑的石油储备。——原书注

了我一眼，脸上露出了狡黠的笑容。

"这是工会的工资，对吗？"

"哦，比工会工资多点儿，"他说，"每月 2 500 美元。"

我差点把啤酒吐出来。

"**一个月 2 500 块？**"

我简直不敢相信。我在"德雷克胜利"号上每月挣 300 美元。这可是 8 倍多！

"哦，对了，那份工作不用缴纳所得税。"他得意地笑笑，然后呷了一口啤酒。他把信息一点一点地告诉我，就是想看看我的反应。

"是危险津贴，"他解释说，"但你必须承诺工作 18 个月，而且你要待在越南最大的液体炸弹上。"

我对这种风险考虑了一分钟，但也只考虑了一分钟。我在脑子里把 2 500 美元乘以 18：总共 45 000 美元。这相当于现在的 30 多万美元，无论从哪个角度看，都是改变生活的一笔巨款。这笔钱足够我买下一个小酒馆了。

他还说："我可不想在油舱里装满 600 万加仑油的情况下缺一个机油工。"

我们机油工要做的一件事就是随时监控发电机的温度。大多数船舶有两台发电机，而一艘 T2 油轮可能有 10 台 10 000 伏的发电机。这基本上就是一座海上发电站。

"好，"他说，"明天早上 8 点到海岸警卫队总部见我，我们会跟他们联系。我们明天可以把你空运到归仁机场。"

我对他千恩万谢，然后跟我的朋友本·许尔道了晚安，期待着好好休息一晚，免得明早迟到。我兴奋不已，看来我会在越南待上一阵子了。

第二天我 7 点钟就来到了码头，安心地等待着。几分钟后，弗兰克也来了。少校正忙着与一名海员交谈，但他一看到我，就停了下来。

"多诺霍！"他欢呼，"好极了！让我们尽快把这件事办妥，我今天还有很多事要忙。好的，水手，确保通往归仁的安全航道。给我接海岸警卫队分遣队指挥部。"

无线电报务员说："是，长官！"然后马上就操作起来。

"白鲸呼叫梅里马克。白鲸呼叫梅里马克。"

"这是梅里马克。我是少尉。"

"报告长官，分遣队联系上了。"

少校拿过话筒。

"少尉？让我跟船长通话。我们为'大男孩'号找到机油工了。我想今天就让他飞过去。"

短暂的停顿后，少尉用急促的语气说道："白鲸，不要让机油工飞过来。重复一遍，不要让机油工飞过来。"

"为什么不让？"少校问道。

"'查理'仍然占领着机场，长官。机场还在'查理'手里。"

少校停顿了一下，下巴绷紧了。"收到。"他低声吼道。

现在他发火了。他转过身说："对不起，多诺霍，我们现在办不成这事儿。我得走了。"

他们其实帮了我一个大忙。如果我真的一头降落到那个机场，我可能就会成为战俘——这还是幸运的情况。我也很庆幸我没有独自前往那里。我现在算是学聪明了。

　　在我的脑海里，我仿佛看到我那一大袋漂亮的钱化为乌有，就像"查理"用火箭炮炸了它一样。也许当时在停泊于越南近海的油轮上工作并不是个好主意。

第二十八章 澳大利亚海军给卡拉韦勒酒店关门

　　2月的一个夜晚，大约午夜时分，我意识到已经不知不觉到了打烊时间。我能听到澳大利亚海军士兵正在拉下卡拉韦勒酒店入口处的厚重钢门，准备关上门过夜。这道门非常大，完全遮住了整个大楼的入口。现在布朗克斯区也到处都有这种东西，甚至房子上也装了，但我以前从没见过。一旦固定好，就被关得严严实实，而且他们真的不太愿意再打开它。我跟本·许尔道了晚安，就赶紧坐电梯下去了，他们让我从缝隙里挤了出去。

　　"你真的不应该出去，伙计，"一个人说道，"我肯定他们会给你找个房间的，如果没有的话，就睡在大厅里吧。"美国和南越仍未夺回西贡；B-52轰炸机在首都周围投下了500磅的炸弹，越南共产党仍继续在全城发动零星的袭击，尤其是在夜间。

　　那天又爆发激烈的战斗了。你可以听到西贡内外和新山一机场传来的枪炮声。我所要做的就是赶回我的小旅馆，它就在拐角处。我为什么不到卡拉韦勒酒店使用住宿凭证呢？我每天都在想，也许今天我就能回家了，也许今天我就能得到油轮上的那份肥差了，所以何必费事换住处呢？此外，我是老人家的旅馆里为数不多的客人之一。他的儿子阿容现在是我的朋友，我想把这点儿大使馆的资助给他们。

已经过了午夜。我经过涂德街附近的一条小巷，听说那里有一家不错的小酒馆，于是我就去那里看看。

我沿着小巷走了不到十码，就发现左边的一个门洞里有什么东西在动。有人埋伏在那里。我首先看到的是武器：步枪枪管末端的反光。我停下脚步，站在原地不动。如果我转身逃跑，他可能会从背后朝我开枪。随后我意识到，这种武器的高度表明拿着它的人身高都必须远远超过 6 英尺，这在越南人中是非常罕见的。

我低头看到一只靴子，那是一只非常大的军靴，所以我猜他是美国人、澳大利亚人或新西兰人，新西兰也是我们在当地的盟友。我径直走到巷子中间，这样他就能清楚地看到我。我不想让他觉得我发现他了而不高兴，我想让他以为是他先发现我的。我能听到他的对讲机里有"唧唧"的声音，他的战友都在屋顶和楼里。他们正在撒网捉人，我可不想自己倒霉被误伤。

我悠然地走在街上，还没走到门口就开始吹口哨。

"站住！"他喊道。那是一名手持 M16 步枪的年轻士兵。

"嘿，伙计，"我说，"你好吗？你在这里做什么？"

"什么？你倒问起**我**在这里干嘛？！"他难以置信地说，"我问**你**到底在这里干什么？！"

"我要去喝杯啤酒，"我说，"我听说巷子尽头有家不错的酒吧。"

"你疯了吗？"他压低声音对我吼道，"去喝啤酒？全城都是越南共产党，你却大摇大摆在街上闲逛，还想去喝啤酒？！"

"好吧，"我说，"我渴了。这条街的尽头据说有家不错的酒吧。"

"这整条街都没有开着的店，伙计。"他低吼道。

说到这里，他似乎被我引起了兴趣，好像在想：这会是个什么样的酒吧，会让一个美国人在战争中冒着危险也要找到它？所以我们就一起走过去了——他仍然举着M16步枪，枪口指向前方。他的年龄不会超过十八九岁，就像汤米·柯林斯一样。

我们走到街区的尽头，就看到了这家酒吧：这是一家殖民时期风格的小店，看起来就像是从巴黎空运过来的一样，自从法国顾客逃离后西贡后就一直没变过。但这家酒吧大门紧锁。

"听着，伙计，我不知道你是**谁**，也不知道你有**什么**经历，"他低声说，"不过你最好**现在**就离开。你住哪里？"

"就在街角。"

"好吧，听着，快回去，早点休息吧。"他建议道。

我照他说的做了，在拐弯之前，我侧身看了看，那小伙子正在掩护我。我平安到家了，希望他也是，能一路平安回家。

第二天，当我把又一个食品包带到卡拉韦勒酒店时，我组织酒店的客人举行了一次小罢工，提出了一个要求：酒吧午夜后要继续营业。如果我们不得已被"春节攻势"困住，我们至少还有酒喝。我可不想为此丢掉性命。

第二十九章　找到博比

　　几个主要城市和战略军事基地的战斗仍在继续，其中以溪山和顺化最为激烈，美国海军陆战队就驻扎在这两个城市的前线。我很担心理查德·雷诺兹，他是我名单上的海军陆战队少尉，我相信他在因伍德的许多兄弟和表兄弟也肯定为他担心。我完全不知道他到底在哪里。

　　他可能在溪山，这是胡志明小道附近的一个重要地点，小道在老挝边界内，那里有 5 000 名海军陆战队队员和他们的陆军后援，被 2 万名北越士兵切断和包围着。约翰逊总统在"春节攻势"发起十天前下令要"不惜一切代价"守住这些地方，这是一次重大失算，就像斯坦利·库布里克的电影《全金属外壳》或记者迈克尔·赫尔的报告文学《战地快讯》中所描述的那样。

　　或者，理查德可能在顺化市。顺化是香江岸边的皇城，位于非军事区以南 30 英里，靠近富牌地区。在那里，有三个美国海军陆战队营和南越士兵正被围困，他们抵挡着十个营的越南共产党和北越军士兵的进攻，而部分美国陆军第一骑兵师正奋力赶去支援他们。

　　起初，战斗机飞行员接到的命令是不得轰炸顺化皇城。这座皇城类似于中国的故宫，它有 160 座宫殿和寺庙，尽管武元甲将军的部队把这些建筑当作堡垒，甚至挨家挨户地处决平民，但美国的政客们还是不想让顺化变成另一个德累斯顿。在二战的最后几个月里，1 200多名英国和美国轰炸机飞行员用燃烧弹摧毁了德国德累斯顿的圣母教堂和其他巴洛克风格的地标建筑，还造成了25 000人丧生，烈焰吞噬了这座城市80%的区域。当时作为战俘被关押在德累斯顿的美国人库尔特·冯内古特目击了轰炸，他后来在小说《五号屠场》中写下了这一切 *，当时他还被强迫埋葬遇难者尸体。我希望美军的增援部队能尽快到达溪山和顺化，还希望无论理查德在哪里，他都平安无事。我也很担心我朋友帕利的弟弟、陆军列兵乔伊·麦克法登。我也完全不知道他在哪里。

我倒是知道博比·帕帕斯在哪里：就在隆平陆军基地，距离西贡仅一小时车程，在边和市附近。我们的部队已经守住了通往东北方向的主要道路，我看到了军用运输车轰隆隆地进城出城。我意识到这可能是找到博比的绝佳时机。他曾是我在家乡最好的朋友和死党。我绝对要给他带一罐纽约的啤酒，还要给他一个大大的熊抱。

不过，那里的安保肯定非常严密。博比是隆平的通信专家，那里有军方的主要弹药库，也是世界上最大的弹药库。就在去年，越南共产党工兵在"弹药库"引爆了15 000枚155毫米口径的炮弹，我们花了两个月的时间才将未被引爆的炮弹挖出并安全移除。

---

* 当顺化战役进入3月份时，我们有1 364人受伤，216人阵亡。美军领导人曾试图保护这些遗址，但最终决定忍无可忍，命令海军陆战队A-4天鹰攻击机轰炸古城，结束了这场血战。据估计，双方共有13 000多名越南人被杀害，其中包括被北越军队处决的平民，而昔日皇帝的宫殿，仅有大约30座幸免于战火——原书注。

现在，随着"春节攻势"的继续，这里已经成了一个火药桶。

我向船运代理的办事员明先生报到，告诉他我要在国内待几天。这时，我们已经是朋友了，所以他就灵活处理，提前给了我三天的工资。

重新上路后，我搭便车驶向东北方向的隆平基地。当我们抵达时，我简直不敢相信这里的规模竟然如此之大。那里驻扎着大约5万名士兵，以及一些负责规划战争后勤的陆军高级将领。隆平有多间餐馆、商店、教室、网球场、篮球场、剧院、夜总会，以及一个奥运会标准的泳池、高尔夫练习场和保龄球馆。鲍勃·霍普在那里献上了圣诞演出慰问部队，威斯特摩兰将军、邦克大使和南越副总统阮高祺都坐在前排，观看了拉克尔·韦尔奇跳弗鲁格舞。

我走向基地外的弹药库。他们必须把弹药库建得远离所有人员，以防不测。那里存放着大炮、成山的弹药箱、各种口径的迫击炮，一排排整整齐齐地排列着，就像能放焰火的一座座金字塔。弹药库前门戒备森严。我大摇大摆地走到宪兵面前，向他们出示了我的海员证和西贡签发的闪闪发亮的新护照。我告诉他们博比·帕帕斯是我的继兄弟。

"哦，是吗？"一位宪兵说，"那就给我们讲个帕帕斯的故事吧。就讲个他自己常讲的，而且我们应该相信的离奇的纽约故事。"

"你是说这样的故事吗？比如那个到处跟着我们玩的疯子？有一天，他跟着我们进了迪克曼街的一家超市，我们递给他一包切碎的牛肉，他把牛肉举过头顶，在过道里跑来跑去，一边跑一边喊：'碎碎牛颈肉！碎碎牛颈肉！'然后这就成了他的绰号。"

他们大眼瞪小眼地互相看着，其中一个说："好吧，上吉普车，我亲自开车送你进去。"

当我们到达地下通信掩体时，司机告诉守卫那里的宪兵，我是博比的继兄弟，想趁我的船靠港时去看望他。一名宪兵下去告诉博比，有人要见他，但他没说是谁。然后他们就让我下去了。我看到博比和另外两个士兵在那里，操作着弹药库的所有主要通信设备。

我很随意地说了声："嘿，兄弟。"

博比转过身，大吼道："奇克?！"他看了我很久，似乎还没反应过来。"你到底在这里干什么?"我的朋友看起来变了个人似的，一身军装，干练利索。

"我是来看望你的，兄弟!"我给了他一个大大的拥抱，"还有，我给你带了点啤酒，是家乡所有兄弟给你的。我们聚在一起，决定要让像你们这样在越南这边的街坊邻居们知道，我们很感激你们所做的一切。"

我伸手进背包，拿出一罐好牌子的啤酒递给他，又给其他几个人也发了点儿。

"我看我的礼物只有象征意义了，你们基地里到处都是酒吧!"我说。

"是有酒吧，但我们这儿不是总有这些牌子的啤酒。总之，喝完这些，我们就可以去那儿喝一杯了。不过首先我得值完我的班!"

博比工作时，我和他坐在一起，我们聊了起来。我告诉他他妻子、孩子和父亲的消息，还有我们在纽约认识的街坊们的近况。我向他讲述了我在"春节攻势"第一晚在西贡的见闻，还有"中情局效应"使我在越南所向披靡。然后，下一班通信兵过来替换博比和他的伙伴们了。

"我们走吧,"博比说,"不过,我们得先回我营房那儿一下,我把我那套备用军装给你。"

我们这样做了,博比还带我去了 PX 店,这是基地内的营区商店。我是基地里唯一一个美国平民,博比可不想向每个好奇的人解释我是谁。

"嘿,能给我这位同伴拿件军装夹克吗? 他专程从纽约来这儿看我。"

"没问题,中士,"柜台后面的下士回答道,"叫什么名字?"

"奇克·多诺霍。"博比说,他拼了出来。那人用模板印上去的。"那右边写什么呢? 我不能写'美国陆军'啊。"

博比看着我笑了笑。"打印'平民'吧。"他说。我穿上了它。

"你到底过得怎么样,伙计?"我问博比。

"嗯,我希望我能及时赶回去,听我儿子叫'爸爸'。"

"是啊,真让人火大,当初肯尼迪承诺让父亲们远离战场,结果约翰逊却反悔了。但至少你驻扎在基地里。"我说。

"嘿,我真感谢你这么说,"他说,"不过,我要是说隔壁的弹药库没让我时不时心惊胆颤,那可就撒谎了。弹药库大约有 2 200 英亩大,三面都被丛林包围。我们弹药库里什么都有:榴弹炮炮弹、火箭弹、照明弹、手榴弹、迫击炮弹,各种各样的弹药,成箱成箱地堆着。"

"我们在警戒区周围的确建有 32 座瞭望塔,当然,地面上也不断有卫兵巡逻。他们要提防工兵在黑暗中在栅栏上弄个洞,然后钻进去引爆弹药。"

我在隆平弹药库的通信掩体里找到了我的朋友博比·帕帕斯中士，这是世界上最大的弹药库，也是越共工兵的攻击目标。帕帕斯带我去了基地零售店，给我买了件工装夹克，盖住我那件显眼又破旧不堪的格子衬衫。夹克右边用模板技术印制的图案上写着"奇克·多诺霍"，左边写的不是"美国陆军"，而是"平民"。(图片来源：博比·帕帕斯)

　　"越南共产党对这里虎视眈眈。他们只需在导弹堆里引爆一枚导弹，就能让整个地方炸上天。他们已经连续两年这么干了，"他指了指远处，"大约6英里外就是边和空军基地，那里也是一个重要目标。那里是空军第三战术战斗机联队的驻地，所以机场上有很多喷气式战斗机，同时也是陆军第145航空营直升机部队以及海军和海军陆战队的驻地。那里也是我们大多数士兵最初抵达的地方。它跟我们这里一样都是主要攻击目标。"

我摇了摇头。他问我饿不饿。

"我们去士兵俱乐部吧。"他说。博比虽是一名中士，但他是被征召入伍的，平常不得进入俱乐部。"军官们知道我在纽约当过调酒师，所以每当他们开派对时，我就帮他们打理酒吧，赚点外快。他们也总是让我吃跟他们一样的东西，比如虾和牛肉，这肯定比 C 口粮强多了。也许他们这次会通融一下。"

他们同意了，让我们进去，我们和军官们一起坐在吧台边，其中坐在附近一张桌子上的，就是博比的指挥官。过了一会儿，也许是因为放松了，我们就开始满口脏话，仿佛又回到了纽约街头。这位指挥官明显恼火了。

"奇克，你得管好你的嘴，"博比对我说，"我的长官是个虔诚的摩门教徒。这么热的天，他还在制服里穿圣殿内衣。他是个好人，对待每个人都很公平，但他讨厌我们说脏话。当我的连长告诉他，他想提拔我为中士时，这位长官对我说：'帕帕斯，你是我这辈子见过的最爱说脏话的人，有时还表现得非常好斗。因此，你会成为一名出色的中士。我批准。'"

说曹操，曹操到。这位长官突然出现在我们身后的吧台。

"帕帕斯中士，看来你找到了酒伴，跟你一样满嘴脏话啊，"他低头看了看我的外套，读道，"'奇克·多诺霍'……'平民'？"

博比赶紧插话。"长官，这是我的朋友，他趁着船停在港口的时候来看我。使馆争夺战时他就在那儿。"

长官拉过来一张凳子。他想知道所有的军事细节，我们的部队是如何处理这种情况的——无论我知道什么都行。他的问题一个接一个，把我们说脏话的事忘得一干二净。

"长官，我想战斗基本上已经结束了，"我试探着说，"这是北越军队的最后一搏，我们赢了。他们现在必须坐到和平桌前开始谈判了。"

他似乎对此很满意，但我都不确定自己是否真的相信会这样。我主要是想让博比放心，他只想回到家人身边。

当晚，我睡在空铺位上，第二天就和我的伙伴一起在通信掩体里玩。第二天晚上，我们去了士兵们平时去的酒吧，与博比在校园里最好的朋友们一起玩。他们也是军士。一个来自加利福尼亚州的弗雷斯诺，另一个来自内布拉斯加州的某个地方。

"奇克，我能问你一件事吗？"来自内布拉斯加州的那位说，"帕帕斯到底是在胡说八道，还是他真的加入了黑手党，还是别的什么？因为他那些故事简直让人难以置信。"

"什么故事？"我问道。

"比如，你们俩是不是收留了什么人住在你们的公寓里？因为他在其他地方都不受欢迎是吧？然后他觉得热，就把公寓里的窗户都打碎了，然后天又变冷了，所以你们俩就去了酒吧，因为那里暖和些。当你们回家的时候，消防员正在灭火，因为他觉得冷，就放了把火？"

"百分之百是真的，"我证实道，"那就是金博。金博是个疯子，但不是黑手党成员。那个，迈克，**他**才是黑手党。"

我们讲了更多的故事，喝了啤酒，笑声不断。我在他的营房里又住了几个晚上，然后我就该走了。

"好吧，博比，"我对他说，"除非你们的连长想给我一份月薪

2 500 美元的工作，就像那位海岸警卫队少校那样，或者用威斯特摩兰将军的飞机送我回家，否则我得回西贡去解决这个问题。再说，你自己也有工作要做。"

他点了点头："没错，伙计。我几个月后就回来。如果你比我先到家，我们就在上校那儿和金博、'碎碎牛颈肉'一起庆祝！"

"一言为定。"我说。他伸出手来和我握手。我握了握他的手，然后抓住他两个肩膀，用力地摇了摇。

"菲德勒医生酒吧见。"

第三十章　隆平爆炸事件

拜访完博比·帕帕斯之后回来的那天晚上，我去了卡拉韦勒酒店的屋顶酒吧。那里有记者、商人、军官这些常客，还有像我和本·许尔这样被困在西贡的人。

许多记者对每天在雷克斯酒店举行的官方例行新闻发布会颇有怨言，他们开始称其为"5 点钟闹剧"，每天，他们都会从发布会上给我和本·许尔带来当天的头条新闻。不过他们的报道可并不完全客观。他们尤其讨厌星期四，因为美国新闻发言人会在星期四公布伤亡人数，北越军和越南共产党的伤亡人数总是更高，而我们则"赢得"了"胜利"。

他们似乎并不尊重威斯特摩兰将军，尤其是像美国广播公司的唐·诺思所报道的那样，仅仅在英勇的年轻宪兵和海军陆战队夺回使馆的几分钟后，他就"穿着笔挺干净的制服"出现在了大使馆，甚至比记者们都出现得更早，然后对记者们宣布："敌人的计划失败了。"

一位记者抱怨道："威斯特摩兰将军要求再派 26 万名士兵过来！而同时，参议院正在举行听证会，以确定引发战争的北部湾事件是否真的发生过。"1964 年 8 月 2 日，美国海军驱逐舰"USS 马多克斯"号在北越海岸附近的国际水域巡逻，靠近北部湾的汉美岛时，由三个兄弟和北越海军水兵驾驶的三艘北越 P-4 鱼雷艇驶了过来。"USS 马多克斯"号的约翰·J.赫里克舰长命令炮手先发射了一轮警告炮。北越水兵用鱼雷和机枪进行了反击。随后，四架沃特 F-8"十字军"战斗机从附近的"USS 提康德罗加"号航空母舰上起飞，在他们返回岸边时对其进行了攻击。十名北越军水兵被击中，四人死亡；"USS 马多克斯"号仅有一个弹孔。8 月 4 日，"USS 马多克斯"号驱逐舰的水手们在恶劣天气下监测雷达和声呐，认为他们发现了北越鱼雷快艇即将发动攻击的迹象，于是向他们预想的船只开了火。赫里克舰长后来给华盛顿发来电报说，这些信号可能是汹涌的波涛和天气造成的，而不是真的有船。但这对约翰逊总统和美国国会来说已经足够了，五天后，国会通过了北部湾决议，赋予约翰逊总统单方面下令采取军事行动的权力。到 1965 年 2 月，他的"滚雷行动"中的战斗机对北越进行了地毯式轰炸。

另一位记者补充道："威斯特摩兰将军和约翰逊总统仍然认为，整个'春节攻势'只是声东击西，目的是分散他们对北方溪山地区的注意力！事实恰恰相反！约翰逊总统说他不希望溪山成为他的'奠边府'，他甚至都没发对这个音！"

奠边府是 1954 年胡志明领导的越南共产党取得了对法国人的决定性胜利的地方。第一次印度支那战争（1946—1954 年）的失败导致法国在近百年的殖民统治后从越南、柬埔寨和老挝，即印度支那地区撤出，《日内瓦协议》签订后，越南以北纬 17 度线为界被一分为二，共产党控制了北部，这就形成了我们今天所处的局面。

"他们难道真的相信武元甲将军会为了转移人们对一个边境地

点的注意力，而将整个国家都置于围困之中吗?！"另一位记者哀声说道。我对他的问题无言以对。

越南战争的记者们比二战期间的爱德华·R.默罗更有影响力。评论家们将在越南的冲突称为一场"电视"战争。记者们能以极快的速度让他们的报道见报或在国内播出，这也增加了他们的影响力。现在，美联社和其他通讯社以及大型报社通过电传打字机在几秒钟内就能传送记者的最新消息。美国全国广播公司西贡分社的电视摄制组将把他们拍摄的录像带交给急救直升机上的工作人员，他们随后飞六小时就能到达日本横田空军基地。然后，日本东京分社的工作人员接到直升机，拿到影片，租用通信卫星的信道，并在事发 24 小时内在晚间电视新闻中播出：生动、震撼的镜头记录了大使馆被占领和其他发生在"春节攻势"期间的战役。

记者们正在争论不休，突然东北方向约 20 英里外发生了巨大的爆炸。一些在街上走过的人说，他们通过鞋底感受到了冲击波。爆炸震动了 6 英里外的整个边和市。夜空中亮起了橙色的光芒，一朵巨大的蘑菇云升起，就像原子弹爆炸一样。那里的一些士兵以为北越军掌握了核武器。这引发了一连串的爆炸声，声响越来越大——砰！砰！砰！随着越南共产党的炸药包引爆，整堆的炮弹被引燃。随着一次次爆炸的发生，我知道这一定是隆平，而博比·帕帕斯正处于这一切的中心。

记者们争先恐后地冲出去，想弄清楚到底发生了什么，而我只能祈祷。但愿上帝保佑博比躲在地下掩体里，但是我想不出他和其他人怎么可能逃出这种大火并毫发无损。我必须去那里看看他是否还活着，是否还好。我试了试，但那天晚上我去不了那里。在旅馆里，我无法入睡，暗暗发誓，如果发生了最坏的情况，我一定要陪着他的遗体回到纽约。但我该如何把这个消息告诉他的妻子呢？天哪，他们还有个孩子。这真是糟糕透顶的一个夜晚。

天刚蒙蒙亮，我就跟上了一个车队，他们正沿着 1A 号公路直奔隆平，这条公路是法国人从越南南端的南坎一直修到中国的，向北穿越了 1 400 英里，是越南的一条长长的交通要道。一路上，我们都看到难民匆匆南下，军用卡车和救护车则飞速北上。除了隆平，越南共产党还炸毁了边和市北部 6 英里处机场的油箱，并用火箭弹和迫击炮轰炸该机场。

正如博比所解释的那样，边和是一个大型空军基地，具有重要战略意义。它不仅是空军第三战术战斗机联队的驻地，也是陆军第 145 航空大队以及海军和海军陆战队的驻地。500 多架超音速 F-100 "超级佩刀"战斗机和其他战斗机，还有"休伊"运输直升机以及 AH-1"眼镜蛇"武装直升机停满了停机坪。武元甲将军知道，只要摧毁这个机场，就能瘫痪美军作战人员的空中支援，更不用说破坏我们对北越的轰炸了。有传言说，他本人就在边和的一座教堂里指挥"春节攻势"。由于该基地也为南越空军服务，我可以想象武元甲会从中得到更多的满足。

武装直升机飞行员设法升空，他们仍在与盘踞在机场基地的越南共产党交火。然而，战斗机飞行员们却被散落在停机坪上的成吨弹片和碎片阻挡。在炮火的掩护下，空军和陆军士兵们清理出了一条跑道，F-100 战斗机飞行员才起飞，他们盘旋飞行，开始轰炸边和机场。据信，这是美国飞行员首次对自己的基地实施空袭。

我们抵达了隆平，卡车停在了大门口。跟博比和我一起玩过的一个士兵正在站岗。看到他还活着，我松了一口气。也许这是个好兆头吧，我想。

隆平基地里大多数士兵居住的地方位于1A号公路的一侧，而公路另一侧则是弹药库。我不知道会看到什么，忐忑不安地走了过去。弹药库内部一片狼藉。巨大的炸弹有的已经引爆，有的没有，散落在好几英亩的土地上，看起来就像一堆堆尸体，令人毛骨悚然。铁丝网像生日彩带一样悬挂着，建筑物被烧焦，成为一片废墟，士兵们正在快速重建倒塌的岗楼。通信掩体就位于这一切的中心。我走进去，然后，我永远不会忘记这一幕：在一片混乱中，博比就在那里，身上居然连一点污迹都没有。他和另外两三个人在地下掩体里熬过了一夜，幸存了下来。他本应该微笑着拥抱我，但他只是看了我一眼，就开始咆哮：

"你个混蛋！你不是说这该死的战争已经结束了吗？你看看这地方！这看起来像是战争结束了的样子吗？！"

看到我的朋友安然无恙，一切正常，我非常高兴。他生我的气了？那好极了。这说明他没事。我想，这才是我的博比嘛！这小子一点问题也没有。

"博比，"我说，"你开不起玩笑吗？"

他摇摇头，笑了。

我一直以为我们正在赢得这场战争，因为我相信了我们的领导人所说的话，我也希望博比对自己的处境感觉好一点。但是，我们的领导人一直告诉我们，"查理"正在输掉这场战争，可他们怎么突然就在全国各地出现了？"春节攻势"改变了一切。

他见到我有多高兴，我见到他就有多高兴。博比接着告诉我发生的一切。

"凌晨 3 点左右，我想抽根烟，就走出了掩体。我向那边望去，看到火箭弹射向空军基地。那些火箭弹，就像流星，它们肯定击中了弹药或燃料箱，因为我看到了几个巨大的火球，我说：'哦，天哪，下一个就轮到我们被击中了。'不出所料，弹药库果然挨了几枚火箭弹，但那次什么都没炸起来。"

他深吸一口气，继续说道："我的无线电接到一个电话，说隆平弹药库和边和空军基地从午夜起进入戒备状态。这不是最高警报，而是第二高警报。他们接到情报说会有大事发生，但我认为他们没想到会发生这样的事。本来应该休战的，但武元甲将军在全国各地发动了协同进攻。所有地方都遭到了袭击，我们却一点准备都没有。

"我们基地的大部分人员都是弹药专家、飞行员、运输队员、厨师、建筑专家、医院的医务人员以及狱警。但在所有人员中，我们只有第 52 步兵团的一支小规模反应部队，第 576 兵器营有另外 32 人组成的自己的反应部队。这些人到警戒区作战，我的一部分工作就是为他们协调武装直升机支援。

"越南共产党引爆了弹药库里成吨的弹药，使我们损失了价值数百万美元的弹药。有些是被火箭弹引爆的，有些则是被混进来的越南共产党工兵安置在弹药堆上的炸弹引爆的。他们认为，一枚 122 毫米口径的火箭弹击中了其中一个弹药堆，你见过那些弹药堆吧，每个都有半个足球场那么大。这引发了连锁反应。

"所有未爆弹药都被引爆了。我们在每个弹药堆周围都筑起了大约 8 到 10 英尺高的护堤，这样如果哪个弹药堆发生爆炸，爆炸力就会往上冲，以减少人员伤亡。火箭弹落回地面时，击中了一个照明弹堆，整个照明弹堆就像烟花一样炸开了。然后这些信号弹降落下来，引燃了整个弹药库。弹药库消防队只有八个人，但他们带头努力扑灭所有大火。火箭弹和迫击炮不断从警戒区射入，我们还遭到了大量的狙击火力。"

"伤亡情况如何？"我问道。

"肯定有人员伤亡。四名军官阵亡。越南共产党直接击中了军官的掩体。本来会死五个人，但随军牧师在不到30秒前离开了那里。他是那个掩体里唯一幸存的人。"

博比停顿了一会儿。他认识那些军官中的大部分。

"我当时在指挥所，也就是地下工事。指挥所是用厚实的金属运输集装箱做成的，大约4英尺宽8英尺长，每排六个。在地下工事上面，我们还盖了超过7英尺深的沙袋掩体，因为据说122毫米火箭弹只能穿透7英尺。这就是我现在能在这里跟你说话的原因。"

他好像突然意识到什么似的，突然问道："你到底回这里来干什么？！"

"嗯，我回到西贡，看到北面有一片巨大的光亮。我问一名宪兵那是什么，他说：'他们炸毁了隆平弹药库。'我就回来看看你是不是安然无恙。"

无线电里传来呼叫："游击队穿过防守线。游击队穿过防守线。"

"天哪，"我说，"给我武器。"

"你拿那个干什么，打猴子吗？"鲍比问道。

"什么？"我困惑地问，"你是说穿着猴年服装的工兵吗？"1968

年确实是猴年，每十二年就会有一次猴年。

我在掩体里四处寻找枪支。

"给你，"博比说，"你想要我的求生刀吗？"

"中士，"一名士兵插话道，"我想你的朋友以为警卫说的是游击队。其实是大猩猩，长官，猿猴那种！"*

"越南没有大猩猩啊！"我说。

"我知道，"博比说，"但是你见过这里的长臂猿或猕猴吗？还有那些令人惊叹的红黄蓝三色相间的越南叶猴也很漂亮，它们体型很大。我们有些不怎么熟悉它们的人把它们都叫作大猩猩。基地周围的丛林里有一家这样的猴子，整天都想闯进来。他们可能和我们一样被爆炸吓坏了，而且也饿了。"

我还是有点紧张。博比假装害怕地说："嘿，克莱德，你认为会是巴图特吗？"克莱德戏剧性地停顿了一下："有可能啊，中士，有可能的。有人看见过它们。"

我听说过越南传说中那种高大、红发的大脚怪。但他们只是在调侃我而已。

"好吧，帕帕斯，现在你欠我一瓶啤酒！"

我们三人哈哈大笑，当晚我们又一起出去了。我既没看到游击队，也没看到大猩猩。士兵们的酒吧还开着，他们又让我们进去了。博比在袭击中幸免于难，这让我松了一口气。我本想再陪他几天，但我必须赶回西贡了。

---

* 英文中，"游击队"（guerrilla）和"大猩猩"（gorilla）发音相同，所以作者误会了。

"好吧，博比，就像电影里说的那样，再来一次。在你念完三遍'独一无二的纽约'（Unique New York）绕口令之前，我就会在菲德勒医生酒吧那里等你了。"

"'独特的纽约'（New Yeek You Nork），我们在因伍德是这么说的。谢谢你回来，奇克。谢谢你的关心。"

"Slan abhaile."*

"嘿，我是希腊人，忘了吗？别跟我说盖尔语。"

"好吧，平安回家。再见，伙计。"我给了他一个大大的拥抱，拍了拍他的后背。

我必须到大使馆报到，否则大使馆官员可能会以为我失踪了，甚至会感到庆幸，然后把我的档案扔掉。

我搭上了几名士兵的吉普车前往西贡。我们沿着公路行驶，穿过乡间小路，一路经过田野。我正在神游时，突然高高的草丛中传来"砰"的一声巨响。紧接着，"嗖"的一声，一发迫击炮弹从我们的头顶后方飞过，与我们后座的人仅相差四五英尺。司机踩下油门，向西贡飞驰而去。我的耳朵嗡嗡作响，但我很庆幸它们还在，还有我的脑袋也还在脖子上。

我还庆幸博比还活着。我也很高兴汤米·柯林斯还活着，在归仁守卫战俘营。我祈祷里克、凯文、理查德和乔伊没事。我很高兴约翰尼、海员们和我在西贡遇到的人都没事。

一回到那里，我就去了西贡圣母大教堂，点燃几支蜡烛，祈祷感恩和希望。教堂内部非常漂亮，白色灰泥拱门上的每一块砖瓦都

---

* 盖尔语，意为"平安回家"。

来自法国，每一扇窗户上都镶嵌着环绕圣人的彩色玻璃野花。长期以来，我第一次感到了一丝平静。我想，佛教僧侣们在路边的祭坛上每天烧五次香，也是为了追求同样的感觉吧。

与此同时，隆平继续遭到火箭弹和迫击炮的常规袭击，以及狙击手和机枪的射击。博比活了下来，但并不是所有人都这么幸运。

第三十一章 帮助一位玛雅人后裔

我很担心在越南的其他朋友。每天，卡拉韦勒酒店的记者们都在为我们提供私人新闻报道。

据他们说，参谋长联席会议主席厄尔·吉尔摩·惠勒将军已经飞来越南与威斯特摩兰将军会面。惠勒说，他们正在考虑调动后备部队进攻老挝和柬埔寨，而威斯特摩兰坚持认为，他需要增加20.6万名士兵才能完成这项任务。在威斯特摩兰德将军的任期内，驻越南部队的人数从1963年的16 000人猛增到1968年的536 100人。翌年年初达到543 000人的峰值。惠勒说他会考虑的。最后他回到华盛顿，向约翰逊总统报告说，尽管损失惨重，但北越和越南共产党还远未投降。

与此同时，担任过肯尼迪总统和约翰逊总统顾问的克拉克·克利福德，在麦克纳马拉辞职后接任国防部长，记者们告诉我们，约翰逊总统要求他"研究局势"。克利福德与参谋长联席会议一起工作了三天，"深入研究"，问了各种问题，但他并不喜欢得到的答案。他进去的时候雄心勃勃，出来的时候却想和胡志明化干戈为玉帛。多年后，他反思道："我们无法赢得战争……我们只是在浪费我们士兵的生命。"克利福德拒绝了威斯特摩兰将军提出的大量增兵的请求，并说服了约翰逊总统将对北越的轰炸减少一半，从而促成了1968年的和平谈判。当高层们举行辩论时，我还不知道我的战友们都去了哪里，因为在顺化、溪山和其他地方，"春节攻势"的战火还在燃烧。但记者们说，我们已经夺回了在"春节攻势"中被占领的120个城镇和基地中的大部分。

虽然我在美国大使馆做了很多努力，但还是无法离开西贡，所以我决定现在是帮助佩德罗·门楚（化名）的好时机。他也是一位海员，我发现他在西贡闲逛，便邀请他加入卡拉韦勒酒店的"难民圆桌会议"。他的国家危地马拉在越南没设大使馆来帮助他。危地马拉正忙于应付血腥的内战。他总是低调地告诉我们针对玛雅印第安人和左翼分子的暴行，但随后又会鼓励我们去他美丽的家乡看看气势恢宏的玛雅遗址。

本·许尔立刻给他起了个绰号，叫"好人"，因为他性格温和。我们简直无法想象，他居然在船上组织过一次罢工，他的船长称之为"叛变"。在港口，"好人"的船长奎格，为了获得报酬，竟然亲手把他交给了南越警察。奎格刚离开甲板，警察就把钱塞进口袋，然后让"好人"赶紧滚蛋。监狱里已经人满为患，他们自己都吃不饱，为什么要再养一个罪犯呢？

从那以后，"好人"在西贡就再也找不到工作了。我想，也许是因为他被指控叛变，所以他没有资格像我一样享受工会每日津贴。他是一名基切人，是生活在危地马拉高地的玛雅人后裔，越南人搞不清楚他的来历。事实上，大量西班牙裔美国士兵参加了越战，有17万人之多。不过，像我一样，"好人"也没有穿军装。也许南越人以为他是古巴人，而古巴是北越的盟友，他们在老挝的胡志明小道沿线都有军事师。亚利桑那州参议员约翰·麦凯恩是一名海军飞行员，曾在北越上空被击落，并被囚禁折磨了六年。他曾经说过，他所在的战俘营——臭名昭著的火炉监狱中，古巴人对美军战俘施用酷刑最为严重，该监狱被讽刺地称为"河内希尔顿"。

"好人"告诉我，他想加入美国陆军，因为他听说参军可以获得美国公民身份。西贡市里并没有"参军"的宣传标语，不过标语其实会有点多余。我带着"好人"来到了布林克斯酒店，想找一名复役事务官。军官们像看疯子一样看着我们。谁会在"春节攻势"中重新参军呢？这在他们看来有些颠倒错乱。这就好比在你的船正在沉没时你却要一杯水。不过，其中一名军官指引我们前往新山一机场。于是，我们坐在一辆军用运输卡车的后面，前往新山一机场。

当我们到达那里时，南越国家警察也不喜欢"好人"的长相。他们眯着眼睛看了看他的证件，然后开始用越南语对我们大喊大叫。粗略地翻译一下，我猜他们是在喊："滚下卡车！"他们大约有12个人，有的拿着手枪，有的拿着步枪，不管拿着什么武器，都对准了我们的头。"好人"浑身发抖，一脸惊恐，这让事情变得更糟了。

我说："好！行了！冷静点！我们这就离开！"他们的枪口一直对着我们的脑袋。

我们一下车，军用运输车就"嗖"地开走了。司机肯定不想蹚这趟浑水。我冷静地说："嘿，我们不想给你们添麻烦，等你们不那么忙的时候，我们再来。"说完，我一边招手拦下另一辆军车——这辆是开回西贡的，一边问开车的年轻士兵能不能搭个便车回去。这个美国士兵看了看"白老鼠"，又看了看"好人"，然后直视着我，他"明白了"，并大胆地付诸行动。他向我心领神会地点了点头。

"当然可以，"他随意地说道，"上车吧。"南越警察一直用枪指着我们，但还是让我们爬上了车，然后我们就开走了。上帝保佑那个小伙子。

我们一回到西贡，我就把"好人"带到了美国大使馆，去找帮助过我的海勒，请他帮忙。他说："你给我惹的麻烦够多了，多诺霍。"我把"好人"留给了他，他并没有把"好人"赶出去，所以我希望他帮了"好人"。据我所知，我这位危地马拉朋友确实加入了美国陆军，还升到了军士长呢。

第三十二章 奇克·多诺霍，呼叫家乡

激烈的战斗仍在顺化、溪山、茱莱及其他据点继续，但西贡出现了一个好兆头。有一天，我看到美国联合劳军组织重新开门了，大厅里却空荡荡的，毕竟，这些天士兵们根本没办法在西贡休假放松。当我走进来时，那些勇敢的劳军组织志愿者似乎欣喜若狂，他们从美国赶来帮助军人，现在终于有事可做了。

我问能否使用他们的短波无线电电台。在那个还没有手机的年代，士兵们就是这样给家里打电话的：你联系美国的业余无线电操作员，他们会为军人接通对方付费电话。家乡的无线电操作员都是无名英雄。他们在深夜，用自己的时间工作数小时，以便让年轻的士兵几个月来能够第一次听到父母、妻子或女友的声音，哪怕只是片刻的声音。你可以闭上眼睛，感觉到片刻的正常生活。打电话回家通常要等两三个小时，因为全城所有的士兵都在排队，但大家都不在乎。虽然我不是军人，但我希望他们也能让我用一下。

他们很乐意帮忙。一位劳军组织志愿者操作着无线电，当他打开无线电电台时，那美妙的、带着杂音、回声阵阵的声音让我心神一震。

"请回答，旧金山，请回答。西贡劳军组织呼叫，旧金山，这里是西贡。"

"你好，西贡。这里是旧金山的布赖恩。跳频已经开始了。"（天气条件使得信号清晰。）

"你能帮我们打一个对方付费的电话到纽约吗？"

"没问题。注意安全，祝你好运，七十三（再会）。"他们拉开椅子，我走到麦克风前。时差有 11 个小时，所以纽约那边是凌晨 4 点。你知道的，这种时候，如果电话铃响了，你就会在床上猛地弹起来，脱口而出："谁死了？！"

"喂？"我在回声中听到了父亲的声音，听起来昏昏沉沉，还带着一丝紧张。

"你好，爸爸。"

那边沉默了几秒钟。

"奇克？！你到底在哪儿？！"

"我在西贡。"

"西贡！上校确实是这么告诉我的，但我没相信！你不应该在越南啊！大家都在找你呢！"

然后，关键的来了："你知道你妈有多担心你吗？！"

这件事我永远不会忘记。我仿佛又回到了少年时代，有次我很晚从罗卡韦滩给他打电话，我听到爸爸跟妈妈说了一分钟，然后他把电话递给了她。她是典型的慈母。

"你还好吗，奇克？"

"我很好，妈。"

"你吃得好吗？"

"妈，我吃得挺好的。"

我停顿了一下，强忍着哽咽。三个月没跟她通过音信，她却没有一句责备的话。对我父亲来说，责备就是他表达关心的一种方式。我还真没考虑过如果他们发现我在越南会有多担心，而且老邻居们有一半都知道我的行踪，他们当然会发现的。

"奇克？"

"是我，妈妈。"

"你什么时候回家呀？"

"很快，妈。很快。"

第三十三章　一定要喂动物

海军陆战队不招募志愿者，海勒还是不让我搭上那些巨大的C-130"大力神"运输机回国。这些飞机负责将陆军士兵、飞行员和水兵运回美国，无论是活着的还是阵亡的。

法国代理商还在他的乡间别墅里，他可不打算在"春节攻势"结束前回来。于是，我总是找明先生办事。我们聊到了他的家人和朋友。他受过高等教育。和胡志明一样，他也曾在法国的寄宿学校读书。但是，他曾为法国人和美国人服务过，如果北越人成功夺取政权，这肯定会让他结局悲惨。

然而，尽管他烦恼重重，尽管他第一次显得有些驼背，明先生却并不担心自己。他担心着别的事。有一天我带着一小包给他的杂货出现的时候，这一点就已经很明显了。

"求你了，"明先生说，"把它送到动物园去吧。"

"动物园？"我吃惊地问道。

"春节攻势"开始的当晚，大量越南共产党游击队在城市的墓地、公园、赛马场以及明先生说的西贡动物园埋伏。他们从藏身之处钻了出来，其中一处是一个长达75英里的多层地下隧道网络，就像首都古芝区的地下墓穴一样。越南共产党就在那里储存弹药、武器、食物、药品和无线电设备。他们还在通风不畅、鼠蝎出没的地方埋伏了数日。澳大利亚和美国士兵有个绰号叫"地道鼠"，他们只带着手枪、手电筒和绳子就进入了这个地狱般的地方，结果遭遇到了尖竹钉陷阱、诱杀机关，还有埋伏在那儿的越南共产党士兵。

据明先生说，一些越南共产党在"春节攻势"的头天晚上爬出地道，进入动物园。动物园是发动进攻的理想地点，它在河边有占地 50 英亩的植物园，除了猴子之外没人看守。越南共产党第一时间杀死了动物园的饲养员，动物们从那以后就一直被关着，且无人照顾。

一些西贡居民冒险进入动物园，发现了那些饥饿的动物。这些人自己也饿着肚子，但他们还是把能省下的东西都带来了。也许他们就像明先生一样，是相信轮回的虔诚佛教徒，他真的不认为人和动物有多大区别。

"佛祖告诉我们，动物可能是你的祖先，"明先生解释道，"也许它们前世的所作所为使他们投胎成了大象。虽然动物生活在不同的世界，但它们和我们一样有感受。它们也有可能觉悟。如果它们真的做到了，当它们死后，就可能会在下一个轮回再次转世为人。我们必须帮助它们。"

既然明先生对此如此重视，我也决心去看看，尽管我也有人类需要喂饱。我小心翼翼地把不易腐烂的杂货塞进他花坛中的一个花盆里，准备第二天再给他，然后直奔动物园，路上从街头小贩那里买了几袋花生。我来到动物园精致的锻铁门前，这是法国人在一百年前建造的。大门敞开着。

那里有座花园，里面满是枯死的兰花。树冠上传来一阵令人毛骨悚然的尖叫声，我抬头一看，数百只绿鹦鹉倒挂在树上。前方，皮肤松弛的大象无精打采地站在酷热中。白虎和豹子在笼子里踱步，猴子们在笼子里疯蹿。我看到一位老太太隔着铁栏杆给鳄鱼喂长棍面包。天啊，它真的抢到了，几乎把她的手都咬到了。另一位女士正把一小碗米饭推到猴子笼里。我不知道猴子通常是否吃米饭，但它们现在对米饭趋之若鹜。

越南政府连给人民的食物都没有，更不用说动物园里的动物了。这些市民可能把他们仅有的食物分一半给了动物们。二战后，柏林和布达佩斯也发生过同样的事情。善良总会出现在意想不到的地方。

我直接去"利蒙"号上找约翰，这次我带上了两只而不是一只大行李袋。我不仅要让卡拉韦勒的那帮人大吃一顿，我还要让动物们也大吃一顿。当我把这件事告诉海员们时，他们非常愤怒。他们翻遍了冷冻室，问了一堆问题，比如："猴子吃排骨吗？""玉米棒呢？它们肯定喜欢。它们跟我们一样。"

"你说的是你自己吧。"另一个船员说道。

当我离开的时候，天已经黑了。我拎着两个圣诞老人礼物袋那样大的包，几乎走不下舷梯，我知道我没办法把它们一路扛到动物园，那是我第一站就要去的地方。

到了码头，我把袋子放在路边，然后招呼了一个骑辆大摩托车的人。他对两大袋行李没有任何意见。这些摩托车上什么都能载：笼子里的斗鸡、三个孩子、老奶奶。他把两只大袋子放在面前，我跳上后座，他就飞驰而去。我不明白他为什么在交通拥堵的涂德街上开得那么快，当枪声响起的时候，我就有了答案。摩托车手被击中了，我们重重地摔在地上，在路面滑了一段才停下来，摩托车整个压在我们身上。

他的左侧身体被撕得粉碎，腿部伤得见得到骨头。他的衬衫被多处枪伤的血染成了红色。我的手和脸都擦破了，鲜血淋漓，但我的伤势比他好得多。

几分钟过去了，我们就像待宰的鸭子一样躺在那里。我有点魂不守舍，但又担心狙击手会再次追击我们。人们帮忙把我们拉到路边。警笛声越来越响，来了一辆敞篷救护车，就像吉普车一样，车上挂着红底白十字旗——这是瑞士的国旗，红十字会也诞生于瑞士。两名瑞士急救人员跑出来，把骑摩托车的人抬上担架，送上救护车。他们回来接我时，我说："不用，不用，我没事，你们照顾他吧。"他们操着德语口音说，他们要去第十七野战医院，那里已经收回来了。

他们给了我一瓶双氧水和绷带，然后赶紧走了。我往街上一看，那辆被砸坏的摩托车已经消失了。一只旅行袋也不见了，我找到了另一只袋子，但它已经完全破了，而且被洗劫一空，冻豌豆滚得满街都是。也许这就是枪击的最初目的：抢劫，而不是政治。我只是很庆幸自己能全身而退。

我一瘸一拐地回到法国人的家。卡拉韦勒酒店和动物园还得再等等。明先生开了门，他吓得往后一跳，愣了一会儿，直到我说："是我，约翰·多诺霍。"我满脸是血，我想我看起来糟透了。他谨慎地向门外左看看右看看，然后拉住我的胳膊肘，把我拉了进去。

我以前一直只在前厅停留，但这次他带我去了房子后面的卫生间。我对这里的奢华感到震惊，特别是跟街上的贫困状况相比。雕花的桃花心木家具、油画、镶金的镜子、丝绸窗帘、东方地毯。就像社交名流位于第五大道的公寓。它可能属于船务代理公司，从法国殖民时期就一直传下来了。

明先生帮我在浴室的洗手池边清洁，洗手池的水龙头是金色的。两个马桶并排放着。我问他，这到底是怎么回事，难道老公用一个、老婆用一个？尽管是在这样的情况下，他还是笑出声来。明先生解释说："其中一个是坐浴盆，供女性或男性使用。你从没见过坐浴盆？"我没见过。我们在因伍德没有坐浴盆。

我尽量把自己收拾干净。我有几处严重的擦伤，他给我涂上了红药水消毒，并且用绷带包扎了我的腿和胳膊。我的衣服也破了，但我还活着。"请跟我来。"他用他那舒缓的声音说道。他领着我穿过走廊，这里从地板到天花板都摆满了书，我们走进一间比我以前在纽约住过的一些公寓还要大的厨房。他问道："你想喝点汤吗？"现在物资还是很紧缺，他可能只有这些。我打算离开时让他看看花坛里的东西。

"不，不用了，谢谢，我不饿，"我说，"你要是有啤酒的话，来一杯倒也不错。"

他还真有：一款法国的圣诞啤酒，没准是圣诞节剩下的，充满了丁香和肉桂的味道。但他还有一款比利时的圣佛洋啤酒。标签上写着它是以一位名叫佛洋的爱尔兰修士的名字命名的。7世纪时，佛洋修士到过比利时的一片森林传福音。不幸的是，当时住在那里的人们对他的主张并不认可，竟然将他斩首示众。我觉得比利时酿酒厂以这种方式纪念一位爱尔兰同胞很不错，所以我选择了圣佛洋。我们坐在桌子旁，我慢慢地品着它。

明看着我。"你要离开我们了。"他感伤地说。

"我从第一天起就想离开这里，明先生，你是知道的。"

"不，我说的是你们所有人。你们所有的美国人。法国人抛弃了我们，现在你们也要抛弃我们。我可怜的国家要何时才能安宁？你知道吗，阮攸，我们国家的莎士比亚，用隐喻的方式写道，我们是'红颜薄命……沧海桑田'*。"

我不认为明老先生会害怕，尽管北越人一旦占领了越南，他肯定就完了。他曾与法国人以及战争中的美国主要供应商合作过。我想他年轻时曾有一个梦想，那就是在他转世之前，看到自己的国家成为一个自由民主的国家。不过，我看得出来，他的乐观情绪在"春节攻势"后受到了一些打击。

"明先生，看看那座美丽的西贡大桥。那是我们建造的。我们还建造了通往那里的高速公路，还有通往那里的其他桥梁，而且在另一端修建了机场。你真的认为，美国政府花费了数百万美元的美国纳税人的钱，在你们国家各地修建了公路、桥梁、机场和楼房这一整套基础设施后，会把这一切都留给胡志明去抢吗？"

我这么说是为了让他开心，但我都不确定自己是否相信这些话。而且我想回家，我希望在那里服役的我的朋友们都回家，我希望所有在越南的海员和士兵都回家。本·许尔、"好人"、澳大利亚士兵们、韩国人，还有所有的战地记者，我希望他们都能平安回家，当然，除非他们想留下来。就像我们在盖尔语中所说的，"*Slan abhaile*"，平安回家。

---

　* 这首诗出自越南18世纪诗人阮攸的长篇叙事诗《金云翘传》。"金云翘传小引"后有云："旧迹大成是沧海桑田之变也，……红颜薄分又天地风尘，红颜多屯……"

第三十四章 "我们输定了"

在事故中，我弄丢了本来要带去卡拉韦勒酒店的所有食物。我看上去也不是很精神，所以就没有参加社交活动，回到了我的小旅馆。第二天，我又带了两袋食物，送到明先生家、阿容的旅馆、动物园的动物们那里，最后终于送到了卡拉韦勒酒店的屋顶酒吧。这次没遇到埋伏，谢天谢地。

那些战地记者，当你看到他们时，他们总忙着报道各种突发新闻。他们充满干劲。这是他们与生俱来的使命，其中一些人甚至冒着生命危险在报道。他们看到的情况并不美好：2月份一开始，国家警察总长阮玉鸾将军就在西贡的一条街道上，对着摄像机，近距离朝越南共产党囚犯阮文敛的头部射击。美国全国广播公司摄影师苏沃录制下了这一幕，美联社摄影师埃迪·亚当斯也拍下了这一幕。亚当斯拍下的那张震惊全世界的照片，促使更多美国人反对战争，并为亚当斯赢得了普利策奖。

美国哥伦比亚广播公司主播沃尔特·克朗凯特是全美备受尊敬的新闻记者，他本人曾在二战中勇敢地担任过驻外记者，他决定在2月中旬飞往越南，亲眼见证越南的"春节攻势"。他与老相识克赖顿·艾布拉姆斯将军重逢，两人第一次见面是在二战中。据说艾布拉姆斯曾对克朗凯特说："这场该死的战争我们赢不了的，我们应该找到一条体面的退路。"

克朗凯特在 1968 年 2 月 27 日晚上的直播中说："对这位记者来说，越来越清楚的是，唯一合理的退路将是谈判，不是作为胜利者，而是作为一个尽了最大努力信守诺言捍卫民主的光荣民族。"当时的总统助理比尔·莫耶斯和约翰逊总统一起观看了克朗凯特的评论。约翰逊总统对他感叹道："如果我失去了克朗凯特，我就失去了美国中部的民心。"一个月后，这位总统宣布秋季选举不再寻求连任。

与此同时，在西贡郊区、皇城顺化、溪山以及其他城镇和军事要地，"春节攻势"持续了数周。仅 2 月 11 日到 2 月 17 日，就有 543 名美国人丧生，2 547 人受伤，成为整场战争中死亡人数最多的一周。五天后，美国选征兵役系统宣布征召 48 000 个小伙子入伍，加入已经在越南的那 50 万人。

2 月 29 日，这是闰年的一天，麦克纳马拉正式退出了这场他一手升级的战争。他和约翰逊总统——他即将在不结束战争的情况下退出战争——在去麦克纳马拉退休仪式的路上，在五角大楼的电梯里被困了 12 分钟。这件事似乎有某种象征意义。他们从电梯里出来了，但 536 100 个小伙子仍陷在战争泥潭里。

我自己也被困住了。很快就到了 3 月，圣帕特里克节也到了。西贡在圣帕特里克节是没有游行的，而我可不喜欢错过节日游行。看起来我一时半会儿还离不开这里。

第三十五章 "我们出来了！"

越南共产党知道河里的船就是待宰的羔羊，于是有天晚上，他们出动了。他们用火箭袭击了"SS 利蒙"号，约翰尼·杰克逊和其他海员都在船上。他们还击中了下游的另一艘船"SS 美国游客"号。据说，"美国游客"号停泊在一个更安全的地方：西贡河南部靠近卡莱港的一条支流。越南共产党只需要从河岸上用俄制肩扛式 RPG-7 火箭筒就可以发动攻击，或者他们也可以开着一辆卡车从南越警察面前溜过去，卡车里藏上一门苏联 A-19 野战炮，这种炮可以把 5 英寸宽的榴弹炮弹发射到 6 英里之外。

不管他们用了哪种方法，最终有九发炮弹击中了"美国游客"号。幸运的是，虽然海员们受了轻伤，但这九发炮弹都没有击中最重要的目标："美国游客"号上的货物是弹药，如果弹药被引爆，那就又是一场隆平弹药库那样的悲剧了。

"利蒙"号被击中时，一些海员受了伤。我很庆幸约翰尼没事，也没有人丧生。有人听到船长大喊："行了！我们马上离开这里！"商船船长虽然与美国军方签有合同，但他们在船上的自主权可以说甚至比海军上将还要多。海军上将只是体制的一部分，而商船船长则是船舶的主人。在海上，商船船长拥有绝对的权力，约翰尼和其他海员此时此刻肯定很感激这一点。

"利蒙"号的船长联系了美国海岸警卫队，可能就是那位曾试图帮助我的少校，据说船长告诉少校，他不在乎是使用码头工人、美国陆军还是他的祖母，"如果这艘船三天内不卸货，"他说，"我就把这些食物都运到马尼拉。"即使约翰尼和其他船员们向西贡慷慨捐赠之后，船上仍有很多食用物资剩下。

第二天早上，大约100名码头工人决定结束罢工，否则他们会丢掉工作。他们在美国宪兵的严密看守下，卸载了这艘船上的货物。他们是我见过的最瘦弱的码头工人，我希望一些食物能"掉下卡车"，落到他们手里。

船长在他们原定启航的那天早上得到消息，说他们还缺一名机油工。一名船员在袭击中受伤，还在住院治疗，无法动身。我为那个伙计感到难过，他受伤了，而且被困在了这儿，但谢天谢地，我觉得这简直是天意。我急忙冲到"利蒙"号。我是机油工，也是工会代表，所以我知道工会的规定：只要港口里有合格的工会船员在找工作，船就不能在"配员不足"的情况下航行。约翰尼带我去见了船长，我要求担任机油工。船长拒绝了我，他说他让船员们多加点班就行了，但约翰尼给他看了工会规则手册。他皱着眉头看了一遍，而我则咬着嘴唇。船长最后说："管他呢，早上8点前回到船上。"

"'SS利蒙'号现在不等人了。"他意味深长地补充道。

现在已经是晚上7点了，还有13个小时。

"可别迟到。"约翰尼提醒道。

我正准备赶紧下船，但在甲板上我停下来想了想：我没有任何行李需要打包，酒店的账也已经结清了。在西贡有些人我想跟他们道别：本·许尔、澳大利亚士兵们、战地记者们，还有在卡拉韦勒酒店的其他人；那位年轻的警察阿容；以及船务员明先生。如果时间够的话，我甚至想回去感谢大使馆的海勒。他们都以不同的方式帮助了我。

我舍不得跟桃——那个名字的含义是桃花的姑娘道别。我曾对她说，等局势平稳下来，我们就可以乘船去富国岛，据说大海盗基德船长的宝藏就埋在那里。我说过我要给她买一只小狗：一只稀有的越南富国脊背犬，它们的舌头是蓝色的，脚上有蹼，会打猎、游泳、爬树，还能闻到 1 英里外的气味。

最重要的是，我希望能再回去看看汤米·柯林斯、里克·达根、凯文·麦克卢恩、博比·帕帕斯以及他们所有的伙伴和战友。我要是能找到我名单上更多的人就好了。我为他们所有人感到担心。但我不敢冒险进城，以防船长决定立即启航，或者万一有人决定要干掉我或是把我关起来。我现在已经在船上了，在到达美国之前，我可不打算下船了。我在甲板上找到了一处安静的地方，祝愿他们一切顺利，祈祷他们平安无事。

早上 8 点，我们启航了。我看着西贡渐渐消失在远方，然后我开始照看发动机。没过多久，我们就穿越了南海，航行在回美国的途中。

第三十六章　我亲吻着地面

我们在菲律宾的苏比克湾停靠加油，在那之后，我们就开始了横跨太平洋的航行。我从未这么高兴地待在甲板下的闷热轮机舱里。

大约三周后，我们抵达了西雅图。我想我应该是第一个走下跳板的人，我真的亲吻了美国的土地。

我拿到了我的工资，将近 2 000 美元；约翰尼也拿到了工资，另外他还因为火箭弹袭击时他留在了船上，而获得了"船只遇袭奖金"。我的朋友打算继续留在"利蒙"号上，"利蒙"号可能要返回越南。但我不想回越南，我要去纽约，所以我们就分开了。约翰尼伸出手，我抓住他，给了他一个大大的拥抱。在整个"春节攻势"期间，他可是救了我和其他很多人，还有动物的命。

我前往市中心，直奔能找到的第一家百货商店，结果发现是家彭尼百货。我在那里买了内衣、袜子、一条裤子和一件衬衫。我还买了一双鞋，甚至一件夹克。我让他们把所有的吊牌都剪掉，然后我走进试衣间，穿上新衣服，把我的旧衣服——牛仔裤和格子衬衫扔进了垃圾桶，这身衣服我基本上已经穿了四个月。

我徒步来到最近的一家大酒店，看到门口停了一排出租车在等客人。我就让第一辆车的司机送我去机场。

"哪家航空公司?"他问。

"只要是飞往纽约的就行。"我说。

他把我送到美国航空公司,我买了张经济舱的票。不过不知道为什么,也许是因为飞机座位三分之二都空着,他们把我升到了头等舱。

一个西装革履的中年男子坐在我旁边,他问我要去哪里,我只说了两个字:"回家。"

我猜想,尽管我穿上了崭新的衣服,可能看上去还是有点憔悴,也可能是因为我很年轻,所以他问我是不是从越南回来的。我告诉他是的,但我不是去打仗,我是去……看望朋友了。"说来话长。"我说。

他回答说:"我们还有差不多六个小时的飞行时间,我洗耳恭听。咱们喝一杯怎么样?"

他喝的是飞机上的鸡尾酒,我说:"你喝什么,我就喝什么。"那碰巧是一杯"曼哈顿"。我以前从没喝过,后来也再没喝过,但在我跟他讲述我的故事时,我喝了大约四杯。不知何时,窗外出现了纽约市的摩天大楼,我不禁热泪盈眶。他们看起来就像在向天空挥舞拳头。我迫不及待地要在肯尼迪机场下飞机。

我感谢了这位商人,出去叫了一辆出租车,告诉司机直接去曼哈顿的因伍德。更具体地说是:"去谢尔曼大道和伊沙姆街路口的菲德勒医生酒吧。"当时是晚上,这座城市看起来比我离开时更大更闪亮——仿佛水晶从东河中冒出来一样。我很幸运能回家,而其他人却不能。我希望我的朋友们也能早日回家。

我去那里是为了表达对他们的支持，可以说是一种非常极端的支持了吧。当出租车穿梭在去因伍德的路上时，我就一直在想，我的所作所为是不是像有些人说的那样，完全是鲁莽和疯狂的。然后出租车停在了菲德勒医生酒吧门前——这一切开始的地方。

我走进去一看，吧台几乎坐满了人。有人发现了我，大声喊道："上校！是奇克！"

乔治·林奇，又名上校，这次旅行就是他的主意，他大声喊道："天哪，奇克，你还活着！"

"是的，我还活着，汤米、里克、凯文和博比也都还活着。"

酒吧里立即一片哗然，我不再关心我做的是不是鲁莽之举了。上校从来不在值班时喝酒，但他也给自己和其他人都倒了一杯啤酒，然后举起了酒杯。

"敬奇克，"他说，"他给我们的小伙子们带去了啤酒、尊重、骄傲，还有爱，真是太好了！"

欢呼声、敬酒声、讲故事声此起彼伏。我看到他们在吧台上方挂了一张地图，他们试着根据里克的报告和朋友们的信来追踪我的行程。很久之后，有人说可以开车送我回家，于是我让他送我去新泽西的父母家。已是凌晨时分，我按了一会儿门铃，直到父亲终于应门。当他打开门看到我时，喊道："哦，天哪！凯瑟琳，是奇克！"

我母亲穿着睡袍跑了出来，她紧紧地抱着我，哭了好一会儿。她说："奇克，答应我，你再也不要回越南了。"

我说："哦，我保证，妈。我保证。"

这是一个很容易兑现的承诺。

后记　旅途感悟

　　回到纽约后，我对越南的看法就不一样了。我想到那些二十多岁就死去的孩子，以及他们被毁的家庭，这一切都是因为高层的自负和误判。我心里装了很多事，花了很长时间才理清自己的情绪。

　　我重新做起了商船水手，不过在再次出海之前，我在岸上待了几个月。我在一艘沿海油轮上航行，在墨西哥湾沿岸和新英格兰之间往返。由于这艘船不去外国港口，因此我不用签合同，也就可以随时辞职。在新奥尔良的一天，我就辞职了。

　　我想弄清楚新奥尔良的情况，虽然我很喜欢那座城市，但那里每晚播出的新闻都与纽约播的一样，报道的都是战争和反战抗议。

　　全国各地的大学校园里都爆发了反对战争和征兵的示威活动。这些报道让我感到心烦意乱，当我寻找驻越部队的新闻时，我经常发现士兵们的战斗故事被放在报纸次要的版面上，或者出现在深夜的电视新闻中。除了报道他们中有很高的吸毒率外，媒体似乎很少报道我们的部队有多么爱国，或者他们的士气有多么低落。

　　他们只爱报道阵亡人数。他们会把双方的伤亡人数像橄榄球赛比分一样说出来："敌军死亡 346 人，美军'仅'伤亡 25 人。"说得仿佛我们是在赢一场比赛，而不是在拿双方年轻士兵的生命当炮灰。士兵们的讣告不过是报纸上的寥寥数语。如果幸运的话，他们会提供他的姓名、年龄和最近毕业的高中。他是独生子吗？是一个崭露头角的科学家吗？是未来的棒球明星吗？是位年轻的父亲吗？他是那个在艰难时刻让战友们开怀大笑的人吗？他们还没真正开始生活，就死去了。并不是公众忘记了他们，而是美国人从来没找到这些小伙子足够多的信息来记住他们。

即使现在，越南退伍军人纪念基金会网站的阵亡将士纪念墙上那 58 307 个名字，包括 8 位女性，仍有许多都还没有配上生平故事。只有家人和朋友为逝者点燃蜡烛来纪念他们。

这不禁让人发问："这样做值得吗？"这个问题一直困扰着我，甚至影响着我的身份认同。我决定去爱尔兰科克郡旅行，那里是我的祖母阿比娜·多诺霍长大的地方，她在 19 世纪末移民美国。科克郡连绵起伏的绿色农田带给了我宁静和安详，让我看到了整个世界——我的街区以外的世界。在他们的电视里，并没有充斥着对我们的战争和反战抗议的报道。

他们的新闻中占头条的是爱尔兰的动乱。在这个时候来爱尔兰真是有些讽刺。我意识到，我的爱尔兰亲戚与越南人的处境相似。在越南，很大一部分人都决心要赶走最后一支外国军队，这些外国军队自公元前 111 年起就断断续续侵占他们的土地，有法国人、二战期间的日本人，等等。当时胡志明和他的越南独立同盟军帮助我们对日作战，但我们却同意在对日战争胜利日之后将越南交还给法国人——现在轮到我们美国人来统治那个狭长的国家。

爱尔兰人被占领了 900 年，但只是被英国人占领，英国人夺走了爱尔兰人的土地、宗教信仰自由和选举权。在大饥荒期间，他们任由爱尔兰人的孩子饿死，而现在，20 世纪 60 年代末，北爱尔兰的宗教派系暴力和政治斗争愈演愈烈。我的亲戚们几乎只谈论这些事。我很难不在脑海中进行对比，不禁想要问，这有什么不同呢？

看到中央公园里的反战示威者针对我那些参军的街坊邻居，这促使我去了越南。我自己也曾作为海军陆战队队员在海外服役，我只能想象我的战友们从家书或新兵那里听到家乡发生的事情时，会有什么样的感受。与此同时，他们在越南面临着恐怖，回国后却又受到骚扰。

我曾觉得反战抗议者的所作所为有违美国传统。事实上，我觉得他们是叛徒。我觉得他们在滥用我们美国人的权利，却没有为这些权利付出代价。还有哪个国家会允许公民挥着敌人的旗帜抗议正在前线的自己的军队？他们把我们忠诚的公民叫成杀人犯，而那些军人却在为保卫我们的盟友而冒生命危险，甚至搭上了自己的生命，就像我们的父辈在 25 年前的二战中所做的那样。我觉得他们是在背后捅我们自己人的刀子。

然而，我在越南时的所见所闻，却与我们军事指挥部或华盛顿的官方报告不符。我站在美国大使馆外，眼看着几个英勇的小伙子为夺回使馆奋战至死，而威斯特摩兰将军在安全后出来召开新闻发布会，发表了"敌人精心策划的计划"以"失败"告终的言论，这让我开始质疑官方的说辞。

这些计划既然周密，如果威斯特摩兰将军也知道，事实上他确实知道，而且他还知道在"春节攻势"发起前 24 小时已经有五个城市遭到了袭击，那么他为什么只派了四名海军陆战队员和两名陆军宪兵守卫我们在西贡的大使馆呢？为什么他自己在新山一空军基地的总部也没有部署更多兵力，以致那里的宪兵被越南共产党的一个营击溃了？为什么在"春节攻势"真正开始的时候，120个城市和地区都没有更多处于戒备状态的部队呢？为什么南越军队有一半人在"休战"期间度假？在那个没有月亮的夜晚，246个美国小伙子丧生，这是整场战争中死亡人数最多的一天。

威斯特摩兰将军一再要求把越来越多的小伙子送到战场上去，而南越总统阮文绍都没有像我们一样对南越自己的十八九岁少年实行征兵制，而且南越对逃避征召的人，尤其是有钱人，几乎不采取任何措施。我的朋友博比·帕帕斯被征召入伍，离开了他的妻子和孩子，却目睹他的四名军官在同一个掩体里阵亡。汤米·柯林斯则失去了一位宪兵朋友——他在"春节攻势"中丧生，因为接触到了大量"橙剂"。"橙剂"是一种含有二噁英的有毒落叶剂，美国在丛林中投放这种落叶剂是为了清除敌人的掩护和食物供应。凯文·麦克卢恩曾在岘港以南的茱莱与亚美利卡师一起被火箭弹和迫击炮轰击数日。里克·达根在19岁那年的7月4日登陆越南，参加了153次战斗攻击，其中包括在中央高地的一次持续六天的交火，当时整个北越兵团包围了他们，他们装备的是每分钟发射1 000发子弹的苏制和中式机枪。"春节攻势"期间，里克被派往亡魂累累的阿绍山谷和溪山，那里是约翰逊总统和威斯特摩兰将军的心病。

威斯特摩兰将军希望有更多像因伍德的汤米·米诺格这样的小伙子，他死前用自己的身体掩护了他的指挥官和排里唯一的无线电报务员，这样报务员就能呼叫支援，救出排里的其他人。汤米还不到21岁。

渐渐地，我开始发现，尽管那些抗议者采取的方式让人难受，但至少都在试图阻止这场疯狂。他们不承认有这么多年轻人在真心履行自己的职责——他们对国家、家庭和邻里的责任。抗议者们不承认士兵们是爱国者、是英雄。反过来，我们当时并没有看到抗议者也热爱我们的国家。他们不喜欢的是我们的领导层。他们在试图阻止更多的小伙子为了别人的利益而被杀害。经过我在旅途中的所见所闻，我绝对同意这一点。

如果说我从在越南的经历中领悟到了什么，那就是政府，所有的政府，都不可信任。许多政客都为了自己的利益而撒谎。当我代表"沙猪"工会、建筑行业和其他工会工人，努力在纽约市、纽约州和华盛顿特区当选官员那里争取对工作和立法的支持时，这种认知让我在工作中受益匪浅。我无法让死去的小伙子们复活，但我可以帮助他们的兄弟姐妹。我希望我做了一些善事。

他们如今在哪里？

战争期间，士兵们会在自己的"之宝"打火机或头盔上刻一句黑色幽默的格言。"当我死后，我会直接上天堂，"有一条格言写道，"因为我已经去过越南了。"

越南的每一位伙伴在奇克辞别后，随着"春节攻势"的继续，又进入了另一个地狱。在他们活着回家之前，奇克都不知道他们在哪里，也不知道他们怎么样了。

他的名单上有理查德（里奇）·雷诺兹，但他一直没有找到他，因为这位年轻的海军陆战队少尉在奇克抵达越南的第二天就阵亡了。雷诺兹的弟弟凯文说，这位 23 岁的军官当时正率领他的排——他们隶属于海军陆战队第三师 A 连——在越南最北端的城镇东河附近发起冲锋，营救一支被 300 多名北越正规军包围的侦察队。雷诺兹在他的两栖运兵车顶上被机枪击落，和他一起阵亡的还有他的 12 名部下，但侦察队得救了。

奇克也没有找到乔伊·麦克法登，但原因没那么悲惨。乔伊被送回了家，因为在充满季风、蚊虫肆虐的丛林中，任何两次感染疟疾的士兵都会被遣送回国。他的兄弟史蒂夫·帕利·麦克法登说，乔伊是半夜回到家的，他不想吵醒母亲和姐妹。"我们悄悄地走进自己的房间，"帕利回忆道，"他把看到的一切都告诉了我。他滔滔不绝地讲了好几个小时。然后，他就再也没提起过战争了。"两兄弟后来开了"麦克法登酒吧"，诺拉·埃夫龙的百老汇话剧《幸运的家伙》就是以这里为背景，汤姆·汉克斯是主演。

"就在我见到奇克的几天后，'春节攻势'就开始了；一切都变得混乱不堪，"凯文·麦克卢恩回忆道，他是一名海军陆战队员，曾以平民身份返回越南，帮助改进直升机的安全性，"奇克肯定会通行不便，因为一切都停摆了。在大约一个月的时间里，那儿都进不去，尤其是军事设施。

"整个国家都受到了攻击。我们当时躲在掩体里，大约 15 到 20 发迫击炮弹打了进来。我开始怀疑我自己：我回到越南到底是为了什么？和我一起飞来的那个人第二天就掉头回家了。我不怪他，他可能以为自己会在机库里工作。

"整个部队都在调动。第一骑兵师向东和向北移动。我们转移到了茱莱，在那里的空军基地与陆军亚美利卡师会合。大约有一个月的时间，那里的场面相当激烈，也非常残酷。我们维修了他们所有的直升机和飞机。

"在茱莱，我们在'春节攻势'期间，每隔几天就会遭到火箭弹和迫击炮的袭击。迫击炮还不算太致命。他们使用的迫击炮是 60 毫米和 81 毫米口径的，大一点的会把你炸得一团糟，而那些小的，它们必须靠得很近才能造成伤害。

"火箭弹才是让你害怕的。即使你在掩体里，你也能感受到火箭弹。它们尖叫着进来，发出奇怪的声音。我们肯定有人阵亡了。

"在茱莱，有 C-130 运输机、F4 战斗机和'天鹰'A-4D 攻击机，'天鹰'是麦克唐纳·道格拉斯公司为海军陆战队制造的单座攻击机，时速可达 670 英里，携带的弹药重量与二战期间的 B-17 轰炸机相同。他们还有很多直升机，都是'休伊'直升机。这些都是活靶子。"

"因此，茱莱处于封锁状态，你哪儿也去不了，"他继续说，"茱莱附近有极其美丽的海滩。整个区域——中国海滩、会安、岘港——都很美。'春节攻势'之后，我们还去那里游泳了。"

"后来，他们派我们去芽庄和富协抢修那里的飞机无线电，还派我们去了岘港的红沙滩。'春节攻势'是整个战争中最血腥的几个月。我们伤亡惨重。在'春节攻势'期间，我们给他们造成的伤亡比他们给我们造成的伤亡要多，但这并不重要。从死亡人数上看，我们似乎是赢了，但是，我们还是失去了太多的人。我的表兄弟死了，我们认识的许多人都死了。

"我们却背负了恶名。在美国国内没有人知道战争的真实情况。威斯特摩兰将军一直在给公众讲故事，但摄像机展示了真相。"

麦克卢恩说，到 1969 年，他和他在德纳电子公司的同事已经捣鼓过"全越南几乎所有'休伊'直升机"的无线电信号，两年后，他们该回家了。

"我妹妹要结婚了，她说如果我不陪她走红毯，她永远不会原谅我。"

麦克卢恩后来在美国西屋公司和富士科技公司工作，之后和马戈结婚了，他说："我们青梅竹马。"他与马戈有两个孙女——卡莉和亚历克西丝。麦克卢恩一回到纽约长滩的家，就与奇克重新取得了联系。这两位巨人队的死忠球迷会去现场观看每一场比赛，甚至包括客场比赛，他们会租一辆温尼巴格房车，开车前往遥远的体育场。至少在这些路上，他们知道自己不会遭到攻击，除非是被对方的球迷找麻烦。麦克卢恩热衷于阅读，通过打网球、骑自行车以及与妻子在佛罗里达州朱庇特享受候鸟生活来保持身材。

汤米·柯林斯是奇克在归仁首先发现的年轻宪兵，他谈到回家时的情况说："他们没有给你任何指导，让你知道回国后会面对什么样的情况。我们到了机场，他们朝我们大喊'杀婴凶手！'。当我回到街区时，一辆汽车发生了回火，我本能地卧倒在地上。我一时间搞不清到底发生了什么。"

柯林斯参加了纽约市警察局的录用考试，他还记得自己接到录用通知的那天：1969 年 6 月 30 日，哈林区第 32 分局。20 世纪 70 年代治安混乱，32 分局这个地方也历尽艰辛：柯林斯所在的警区有 22 名警察遭到枪击或刺伤，5 人丧生，其中包括柯林斯的非裔搭档韦弗利·琼斯和乔·皮亚真蒂尼，乔的背部中了 13 枪，被黑人解放军成员杀害。也许是由于他在因伍德养成的街头直觉，也许是他在越南当宪兵的经历，柯林斯在三年内就获得了正式警探的金盾徽章标志。"你只需要知道一些基本常识，就能让自己远离危险。"柯林斯打趣地说。他被分配了培训 5 名新警员的任务，她们是纽约市警察学院第一批上街执勤的女警员，美丽的苏珊娜·奥肯多也在其中。他们两人已经幸福地度过了 29 年的婚姻生活。

在协助缉毒工作组后，柯林斯和其他警探奉命组建全新的职业犯罪小组，该部门的工作重点是关注那些曾因谋杀、持械抢劫和其他严重罪行而被定罪的罪犯。柯林斯参与调查了臭名昭著的"燕尾服之王"案，在该案中，绑匪将一名富有的服装制造商活埋了 12 天。"我喜欢这份工作，"柯林斯说，"如果可以，我还会继续干下去。"柯林斯和苏珊娜虽然已经退休了，但并没有停止工作。作为佛罗里达州迈尔斯堡的候鸟族，汤米在明尼苏达双城棒球队的春季训练营工作，而苏珊娜则在波士顿红袜队工作。他们尽量避免因自己支持的球队争论。

与此同时，在奇克将里克·达根留在非军事区附近后，他的连队参加了"春节攻势"中最激烈的部分战斗。里克在越战期间一共参加了 153 次战斗攻击，并在一次为期六天的战斗中负伤后，被授予了紫心勋章，后来又获得了许多其他奖项。最重要的是，他拥有一种敏锐的生活智慧。

奇克和里克分开后不久，美国陆军第一骑兵师就被派往靠近广治市的莎伦着陆区。他们奉命封锁通往该市的道路，并攻击北越军队在西面约 10 英里处的山区修建的基地。北越军队的一整个营攻入了这座城市，这是"春节攻势"的关键战役之一。这场战役从新年凌晨 2 点一直持续到次日中午，但他们花了大约十天时间才将北越军士兵赶出城外。

达根回忆道："我们前往莎伦着陆区，以确保周边安全。我们成功地切断了他们的补给线。之后，陆军战略家又把我们调到了低洼地区，我们在海岸附近陷入了一场持续一两天的交火。"

就在那时，达根被召唤回国。"我们当时正在战场上，突然接到通知说我父亲病危，"杜根回忆说，"我本该立即赶回去见他最后一面。军方通常会为每个人都这样做，尤其是当红十字会介入时他们会更加重视，而红十字会也确实介入过。"

"他们神不知鬼不觉地把我送到了金兰湾。12 个小时后，我和六具棺材以及另外两个人坐上了经冲绳转阿拉斯加的飞机。飞机降落在阿拉斯加的暴风雪中，我和另外两个人还穿着迷彩服，飞机加油的时候我们都快冻僵了。然后我们飞往特拉华州的多佛空军基地，我从那里乘巴士前往纽约，我的兄弟们在港务局接我。谢天谢地，他们给我带了件大衣。

"我们直接去了医院，我从战场上回来后浑身脏兮兮的。在见我爸之前，我走进洗手间，不得不刮掉脖子和胳膊上的泥垢。

"我爸挺过来了。我想，既然我服役期快满了，他们也许会让我留下来，但是不行。那天晚上我回到咱们街区后，至少还是有时间去了趟菲德勒医生酒吧，告诉上校奇克找到了我，他还找到了汤米和凯文。酒吧里响起了一阵欢呼声。

"但是因为我父亲没去世，军方告诉我必须立即回去，飞往加利福尼亚的奥克兰陆军基地，然后从那里飞回越南。我立即飞往加州，到达基地后搭乘了一架 C-141 运输机，这是一种巨型货机，机身内两侧有帆布座椅。27 个小时后，我就回到了越南，然后马上搭乘补给直升机去了安溪。抵达越南后五个小时内，我就重返战场了。大家见到我都很高兴，他们还以为我死了。后来，在溪山之围即将结束时，我们被派往那里。海军陆战队在那里经历了非常惨烈的战斗，真的。

"后来，我们被派往阿绍山谷，那是我这辈子去过的最诡异的地方。1966 年，17 名'绿色贝雷帽'特种部队成员、200 名南越非正规军和一支由蒙塔格纳德族人组成的'MIKE快速反应连队'在这里遭到北越军队四个营的袭击。后来,'春节攻势'开始时,北越军在那里驻扎了一个营,我们发起了空袭,并用大炮进行了火力压制,打了他们一个措手不及。对他们来说,这里是一个重要的地方,因为它非常靠近老挝境内的胡志明小道。

"我们降落在一片薄雾中,景色看起来非常奇怪,就像侏罗纪公园一样。到处都是巨大的弹坑,那是炮弹轰炸留下的痕迹。这里没有村庄,没有棚屋。北越军队丢弃了装满迫击炮的卡车,还有一些卡车堆满了中国制和苏制步枪,我们缴获了所有这些东西。我们还发现了他们囤积的弹药。来自农村的伙计们都拿步枪当纪念品。我不想拿。从纽约来的人没有想要步枪的。

"我们每天都会巡逻不同的区域,每天都有不同的行动,可能是夜间行动,支援这个单位,支援那个人。作为一名步兵、陆军士兵、步枪手,这就像老话说的那样,'服从命令,天职所在'。你不知道指挥中心在做什么,他们有什么计划,他们的战略是什么。你只会被告知任务目标,然后尽力完成,这就是我们的职责。

"到最后,前景对我们来说确实变得比较渺茫了,因为我们从阿绍山谷击退的北越士兵现在已经走投无路、快要饿死了,他们已经一无所有了。他们一定是在想,'我们干脆突围吧'。我们的一支伏击巡逻队全军覆没。他们一定是抱着'反正我们必死无疑,就拉几个美国人垫背吧'的想法。

"后来,我的战友们都拿我开涮,因为他们每个人都有一周左右的休假,他们去了热带地区度假,像国王一样畅快地喝酒。但是部队把我去看望父亲的那次探访算作了我的休假。当我最终回到美国时，正好在感恩节周末抵达了得克萨斯州胡德堡基地，我领到了薪水，居然只有 2.5 美元。我问：'我的钱都去哪儿了？'他们说我必须偿还飞往加利福尼亚的机票钱。碰巧那天是我 21 岁生日，于是我给自己买了一个施利茨大罐啤酒和两根吉姆牌香肠。这就是我的生日晚餐了。不过，我还是很高兴能回到美国。"

达根的战斗经历为他的下一份工作做好了充分准备：他加入了纽约市警察局，在南布朗克斯区第 44 分局工作，那里简直就是战区。其中一位警察同事就是未来的局长约翰·蒂莫尼。达根很快就当上了中尉，并与当时的妻子生下了珍妮弗和里基，里基后来也当上了警察中尉。后来，他遇到了美丽的诺琳·奥谢，她和汤米·柯林斯的妻子苏珊娜一样，都是女性警察的先驱。他们一直幸福地生活到了今天，终于享受到了他们应得的假期。

当奇克找到博比·帕帕斯时，帕帕斯担任着至关重要的工作。帕帕斯曾在部队接受过无线电和电传通信培训，因此当他被派往越南隆平第三军械营第 576 军械连时，他被任命为中士，负责世界上最大的弹药库的内部通信。他们和负责守卫弹药库的第 25 步兵师第 89 宪兵营一起工作。帕帕斯说："我们在地下掩体里通过无线电和电话与 32 个塔台保持着联系。我们有六辆装有 M250 口径机枪的巡逻吉普车在营地周边不断巡逻。我们一直与他们保持联系。我们还有四名训犬员。如果外面有人，警犬就会告诉我们。"

"春节攻势"之初，越南共产党向弹药库发射了一波 122 毫米火箭弹，炸死了在同一个掩体里的帕帕斯的四名备受尊敬的军官，奇克从 25 英里外目击了那次巨大爆炸，可即便在那之后，那些巨大的弹药堆也仍然是首要攻击目标。

"当我需要的时候，我会请求直升机火力支援，"帕帕斯回忆说，"有两次我不得不调用凝固汽油弹空袭。"

帕帕斯还记得他离开越南的那一天：1968 年 10 月 30 日。和柯林斯一样，他指出："他们没向士兵进行任何汇报。突然间，你回家了，你退役了。我想正是这毁了我的婚姻——我整整一年半都没有见到妻子和刚出生的女儿。"

帕帕斯退伍后进入长岛照明公司工作，成为一名项目经理。23年后，他接受了公司的买断，不过对方给了他诱人的条件，让他作为私人承包商继续为他们工作。尽管工作方面一切顺利，帕帕斯的个人生活却并不如意。"我每晚都做噩梦，睡不着，"帕帕斯说，"那段时间我酗酒成性。"

但后来，他作出了改变人生的重大决定，就像驾驶 C-130 运输机在半空中来了个 K 形急转弯一样。"1979 年，我加入戒酒互助会，戒了酒。我开始在退伍军人管理局接受创伤后应激障碍的辅导，现在还一直在坚持。并且，我遇到了艾琳，和她结了婚。"

她就是艾琳·塔佩，一位护士。"自从遇见她，一切都变得很棒。"帕帕斯说道。他们住在南卡罗来纳州的默特尔比奇，一起享受着当祖父母的乐趣，帕帕斯一有空就会去打高尔夫和钓鱼。"我最近和戒酒互助会的四个朋友一起租了条船，去湖上钓鱼。我们钓了 19 条鲈鱼。那真是美好的一天。"

可以这么说。奇克幸存下来的朋友们离开了越南，但在很长一段时间里，越南却并没有离开他们。虽然花了很多年，但他们似乎都过上了快乐的生活。他们值得每天都过得快乐。

50年后咱们一伙人在纽约曼哈顿因伍德的母校重聚。从左到右依次是:里克·达根、汤米·柯林斯、我、凯文·麦克卢恩和博比·帕帕斯。(图片来源:西莉亚·奥利弗)

附记　纽约曼哈顿因伍德街区

　　要理解奇克·多诺霍如何冒险踏上追寻战争中的朋友们的非凡旅程，了解他们所处的时代和地域会很有帮助。城市规划者们不妨研究并复制它的特质，将大有裨益。

　　奇克和他的伙伴们很幸运，在 20 世纪 50 年代和 60 年代初，成长于曼哈顿岛北端未经开发的因伍德。孩子们可以在原始森林、两条河流以及连接这些地方的所有街道上自由自在、无拘无束地玩耍，尽管这里仍然属于纽约市。大自然距离高架地铁只有几步之遥，在那个更加纯真的年代，这里是一个神奇的地方，既是乡村又是都市，因伍德本地人、在线广播节目"约翰麦克广播秀"的主持人约翰·麦克马伦将这里称为"我们天堂的一角"。

　　里克·达根说："我们从小在因伍德山公园的入口处长大，那里有印第安人的洞穴。"1968 年，奇克找到里克·达根时，达根才 20 岁，正在越南中央高地作战，后来他成了纽约警察局的中尉。"我妈妈以前经常给我讲故事，说她小时候那里住着一位印第安公主。"

　　事实上，美国原住民诺埃米公主，就住在 300 年古龄的鹅掌楸树旁的一间小屋里，这棵树被莱纳普印第安人视为圣树。今天有一块牌匾标注着，彼得·米纽伊特就是在这里用价值 24 美元的饰品买下了曼哈顿。几代小学生都认为米纽伊特欺骗了印第安人，但最近的历史学家推测，米纽伊特才是被骗的人：他与卡纳西部落酋长塞西达成了交易，但实际上控制这块土地的却是莱纳普印第安人的表亲部落维克夸什吉克印第安人。

根据科尔·汤普森制作的精彩图片网站"我的因伍德"（myin-wood.net），诺埃米公主教附近的孩子们制作印第安串珠，并在每年 9 月举办多达 600 人参加的部落聚会。邻近的一间小屋里，住着路易·勒普兰斯的女儿艾梅·勒普兰斯·沃里斯，前者拍摄了第一部动态影像。艾梅以印第安手工艺品为灵感经营着因伍德陶器工作室。开发商罗伯特·摩西砍掉了神圣的鹅掌楸树，并驱逐了诺埃米和艾梅，但她们为这片土地注入的精神依然强大。

因伍德山公园拥有纽约市其他任何地方都找不到的东西，现在依然如此：196 英亩的原始老林，遮蔽着古老的美洲原住民洞穴和他们曾经捕鱼的盐沼。公园的南端延伸出了另外 66 英亩的自然区域，成为特赖恩堡公园，纽约修道院博物馆和独角鲸挂毯就在这里。小约翰·洛克菲勒在旧庄园的基础上建造了这座公园，并将其捐赠给了纽约市，同时，他还买下了哈得孙河对岸新泽西州的帕利塞兹，以便孩子们在特赖恩堡的树林里玩耍时，河对岸的那边看上去也全是森林。

北面是斯派滕戴维尔河，荷兰语的意思是"旋转的魔鬼"；东面是哈勒姆河，西面是波澜壮阔的哈得孙河。当时的孩子们认为这些河里都可以游泳。这就像生活在美国最大的大都市中央的魔法森林里——一个堪比罗宾汉和他"快乐的伙伴们"的城市天堂。就像那群小伙子一样，因伍德的孩子们也紧紧团结在一起。

"那里还有棒球场，甚至还有爱尔兰足球场，"汤米·柯林斯回忆道，奇克在归仁找到他时，他还是一名宪兵，回国后成为纽约警察局的一名悬案侦探，"我们会在那里运动、奔跑、探索。那真是个长大的好地方。"

1995 年的电影《边缘日记》中，莱昂纳多·迪卡普里奥和马克·沃尔伯格从悬崖上跳入哈勒姆河，对于不相信这一场景的观众来说，他们现在无须再怀疑了。柯林斯回忆道："我们过去常常从加油站拿旧的内胎，如果服务员人好的话，他就会帮我们补一个内胎。在西曼大道旁的第 218 街有个人也会给我们修补内胎。然后我们跳进河里，漂到河对岸以前停靠日班轮的地方。"

这个以爱尔兰裔和犹太裔为主的社区孕育了很多人才，比如篮球明星卡里姆·阿卜杜勒-贾巴尔（当时的他名字是卢·阿尔辛多），《边缘日记》的作者、朋克摇滚乐手吉姆·卡罗尔，以及纽约市公园专员和倡导者亨利·斯特恩。

与当时纽约市的其他地区一样，因伍德也是一个拥挤的社区，许多大家庭挤在小公寓里，共同庆祝节日和孩子们成长的里程碑，无论彼此运气好坏，都会互相照顾。

著名餐馆老板和花旗球场酒吧老板史蒂夫·麦克法登的兄弟乔伊也在奇克的名单上，他说："我认为因伍德的独特之处在于，从社交角度来看，每个人的家庭收入都差不多。这里没有'富人区'，也没有'贫民区'。"

麦克法登补充说："跟现在不一样，那时候没有来自外界的压力，让你去购买昂贵的衣服和物品，也没有等级之分。这减少了人们的压力，因此他们可以自由交谈。你可以和任何人发展友谊。"

乔·雷诺兹说道："所有的母亲都把衣服晾晒在屋顶上，彼此相邻。"雷诺兹曾在越南服役，他的家族在格拉梅西公园拥有历史悠久的皮特酒馆。

年幼的孩子们在母亲和邻居们从窗户和门廊的注视下，自由安全地玩上几个小时的"骨牌"（skelly）或"圈圈乐"（ringolevio）这种街头游戏。当他们长大一些，就会玩棍球、手球、团队运动。

"当时根本不存在找保姆一说，"麦克法登说，"大孩子照看小孩子，如果有必要，母亲们就会把最小的孩子托付给隔壁邻居照看一小时。"

"基本上我们都是走着去附近的任何地方，"雷诺兹说，"住在蓝色面包店楼上的沙利文太太和她妈妈会把枕头放在窗台上，观察来来往往的行人。我们会大声喊：'嘿，沙利文太太，你看到博比·伯恩斯了吗？'她会说：'哦，是的，博比大约半小时前往那边去了。'"

有六个、八个、十个孩子的家庭当时很常见。你和同龄的孩子们一起玩耍；你的弟弟妹妹和表弟表妹们则和他们的同龄伙伴一起玩，就像楼梯台阶那样一级一级地互相匹配。你像照顾自己的弟弟妹妹一样照顾朋友们的弟弟妹妹。你们没有钱，但你们有彼此。

正如谢默斯·希尼写的那样："如果你拥有一个强大的'最初世界'和一群牢固的人际关系，那么在你内心深处，你永远都是自由的。你可以游历世界，因为你知道你属于哪里，你总有一个可以回去的地方。"

番外　与位高权重的陌生人吃烧烤射啤酒罐

　　凯文·麦克卢恩是奇克在越南遇到的那位好心人，他曾在美国海军陆战队服役四年，是 1963 年开始的第一批越战队员之一。麦克卢恩回到越南为德纳电子公司工作，该承包商负责在军用直升机无线电中安装扰频系统，以降低直升机被击落的可能性。这项技术进步使战争面貌产生了巨大变化。

　　1969 年，也就是奇克在丛林中遇到凯文，两人都在"春节攻势"中幸存下来的一年后，美国在越南的士兵人数达到顶峰，超过了 50 万人。也许是指挥官知道麦克卢恩和他的同事们在战火中冒着生命危险尽力让直升机更加安全，因此给他派了一份美差，前往越南最美丽的地点之一执行公务。这次任务导致了一场离奇的遭遇。

　　"我和一个叫比尔的同事被派往越南境内一个叫头顿的地方工作，美国士兵都去那里休整，"麦克卢恩回忆说，"它位于一处美丽半岛的海岸边，许多黑市商人在那里拥有临海的豪宅。法国人过去很喜欢头顿，他们称之为圣雅克角，1975 年我们撤走后，那里的近海发现了石油，苏联人就搬了进来。"

　　一天晚上下班后，麦克卢恩和比尔来到一家酒吧。麦克卢恩回忆说："我们在里面遇到了一名陆军，他驾驶着一艘 LCM-8 麦克艇*，就像二战时期的希金斯登陆艇一样，都是船头可以完全打开，让坦克和卡车直接驶入海滩。他说他们与位于南海约 200 英里外的昆山岛上的远程导航站之间的无线电通信出现了很多问题。**美国国防部长罗伯特·麦克纳马拉曾下令在东南亚各地建造五座这样的无线电塔，每座约 600 英尺高，以帮助我们在还没有全球卫星定位系统的时代帮助船只和飞机进行远程导航。

"麦克艇的船员正要出发，把设备运到昆山岛的海岸警卫队驻地，"麦克卢恩回忆道，"军官问我们是否可以请几天假跟他们一起去，帮他们解决无线电问题。我们同意了，并且得到了上司的批准去帮助陆军。我心想，我可不想在南海中央遇到无线电故障。"

麦克艇的船员沿着湄公河将他们送到了第九步兵师的总部。"我们晚上赶到那里，加了油，他们还拿了一些设备，"麦克卢恩回忆说，"第二天一早，我们正准备离开，突然，整个地方都亮了起来。基地遭到了火箭弹袭击，一个燃料库被击中了。我们当时正在基地的士兵俱乐部里，船上的准尉跑过来说：'我们得赶紧走，不然他们会把船打沉的。'于是，我们匆忙跑到河边，向昆山岛驶去。"

200 英里的航程是一次漫长的通宵旅程。"当时我和比尔正在下

---

* LCM-8 登陆艇又被称为"麦克艇"。

** 昆山岛外这片海域，正是 1975 年，美国国防武官理查德·阿米蒂奇违抗军令撤离难民的地方。在南越解放的第二天，阿米蒂奇违抗命令，登上美国海军"USS 柯克"号驱逐舰，率领越南共和国海军全部 32 艘军舰，满载 3 万名难民，驶往 1 000 英里之外的菲律宾。还有太多架载满难民的直升机降落在"柯克"号的甲板上，以至于水手们在疏散难民后，只好将直升机推进海里，以便为后面降落的难民直升机腾出空间。阿米蒂奇作为前海军军官，不得不与美国和菲律宾政府进行斡旋，争取让难民下船上岸。——原书注

层甲板上修理无线电，"麦克卢恩回忆说，"当行驶到大陆和昆山岛一半路程的时候，我突然听到一阵巨响，然后一个声音大喊：'什么人？！'那是一艘美国海军的巡逻艇。我们舰上有两名陆军上士和两名准尉，我听到其中一人大喊：'滚开，你这个擦甲板的！'他还对他们破口大骂。巡逻艇是从一艘海军驱逐舰上下来的，而麦克艇是陆军的，我猜军种之间存在一点竞争关系吧。我跑上甲板对他说：'别骂，别骂，别骂；他们会把我们击沉的！'然后我又对巡逻艇上的人喊道：'嘿！我们是美国人！别乱来！'几分钟后，他们就放我们走了。"

第二天一早，他们在涨潮时抵达了昆山岛。麦克卢恩和他的同事修好了麦克艇的无线电，"一切都很正常"，他回忆道。他们和船员们一起在甲板上等着退潮，这时准尉神秘兮兮地走到麦克卢恩身边说："你知道吗，我船上藏着一箱冷冻牛排和一大堆啤酒。"

"太好了！"麦克卢恩回答道。

"等我们卸完所有设备后，就来个烧烤吧！"军官大胆地说。

"听起来不错啊。"麦克卢恩赞同道。

"有个问题。"准尉说。

"哦，什么问题？"

"好吃的东西我都有，就是没有木炭。我们要在这里待几个小时，但我不能离开船。不过你可以下船。你得到岛上去帮我们找些木炭来。这可能要花点时间，所以我建议你现在就出发。"

准尉告诉麦克卢恩，负责卸货的海岸警卫队中尉正在海滩上等着他们，并建议说，中尉可能知道在哪儿能找到木炭。

"好，"麦克卢恩说，"我游过去，跟那个人碰头，等你们卸完货过来的时候，我肯定弄到木炭了。"准尉缓缓地露出了灿烂的笑容，麦克卢恩跳下船舷，向岸边游去。

"距离不算太远，大概两三百码，"他回忆说，"我是在纽约长滩长大的，所以我的游泳技术还不错。我从海浪中冒出头，见到了那位海岸警卫队中尉。

"'长官，'我说，'卸完货后，我们打算开个小聚会，当然也邀请你们参加。不过我们还需要找一袋木炭。'"

中尉非常乐意帮忙。他们跳上了他的吉普车，令麦克卢恩惊讶的是，他们很快就停在了一个巨大的战俘营门前。法国人在19世纪建造了昆山岛监狱，之前他们还在法属圭亚那的魔鬼岛建造了一座监狱，目的也是建造一座插翅难飞的关押政治犯的监狱。20世纪30年代，法国殖民当局将年轻的黎笋和他的随从黎德寿托送到了这个满是沙子的地狱，后来这里曝光出用低矮的"老虎笼"关押囚犯，让他们在阳光下暴晒。黎笋和黎德寿有足够的时间在昆山岛上制定计划。黎笋后来成为北越的首席军事战略家和"春节攻势"的策划者，而黎德寿则在旷日持久的和谈中与美国国家安全顾问亨利·基辛格针锋相对，他们两人通过谈判达成了《巴黎和平协定》，促成1973年1月27日结束战争，并因此共同获得诺贝尔和平奖，但黎德寿拒绝了该奖项。

"中尉和我站在大门外，他朝里面的囚犯点了点头，"麦克卢恩回忆说，"他说：'他们会给你木炭的。'"

"南越守卫让我们进入营地，我立刻被20多名囚犯包围，每个人都戴着一块彩色布条，用来区分他们是北越正规军、越南共产党游击队员还是非军事政治犯。他们看着我的脚，开始指指点点，笑

着说：'嚯！嗬！'

"我穿的是那种叫作'胡志明凉鞋'的东西：用废轮胎裁剪成的拖鞋，用内胎胶带系起来。这种鞋很适合在船上穿，因为它防滑性好。北越士兵在丛林里也穿这种鞋，就连尖竹钉陷阱都扎不透。战俘们觉得我穿这种鞋子简直太滑稽了。然后其中一人用英语问道：'你想要什么？'

"'我要木炭，'我说。"

南越监狱看守会让战俘们砍树，把木材剁成段，然后烧成木炭，卖给美国海岸警卫队和岛上的其他少数居民。囚犯们用这笔钱购买急需的食物和其他必需品，看守们也从中得到好处。

"他们以大约 200 越南盾的价格把木炭卖给了我，"麦克卢恩回忆道，"我把木炭带回了海滩。"这时，麦克艇已经靠岸，船员们正在卸货。准尉看到木炭后咧嘴一笑，接过木炭连声道谢，然后高兴地开始给烤架点火。

"我和比尔在海滩上喝了几罐冰镇啤酒，"麦克卢恩回忆道，"当时我们看到三架老式 DC-3 螺旋桨飞机，机身两侧涂着南越国旗。他们飞进了日本人在二战期间控制昆山岛时修建的简易机场。然后，三艘南越的巡逻艇停了下来，在那里怠速运转着。突然，一个戴着镜面飞行员眼镜和棒球帽的男人带着一大群随从悠闲地走上海滩，朝巡逻艇走来。"

"我和比尔走过去，对他说：'你好，先生。请问你来这里有什么事吗？'

"侍从们面面相觑。戴镜面墨镜的男人说：'我是阮文绍总统。'他就像冰箱里的黄瓜一样冷静。

"'嗯……您好吗？'我回答道，尽量表现得正式一些。毕竟，我心想，这可是阮文绍将军，南越的掌权人啊。可比尔，他来自南卡罗来纳州的格林维尔，是个地道的南方小伙子，为人豪爽。他伸出手去跟阮文绍握手，说道：'很高兴见到你！'

　　"我们在那里站了一会儿。最后，我说：'不好意思，您来**这里**做什么呢？'我的意思是，那里非常偏远。

　　"阮文绍回答说：'这是我钓鱼的地方。'

　　"他告诉我们，只要有机会，他就会去岛上钓鱼放松一下。

　　"'这样吧，'阮文绍补充道，'如果我们今晚出去时能钓到一些鱼，我就给你们一些。'"

　　此时，军方人员已经卸完货，放松时间到了。

　　"我们又回到船员那里，他们正围着烧烤架站着喝啤酒，准尉正在烤牛排。

　　"'你们为什么跟那些人聊天？'准尉问我们。

　　"比尔说：'那就是南越总统！'

　　"'是嘛，扯淡。胡说八道！'军官回答道。

　　"'没胡说，真的是阮文绍，'我坚持说，'我在报纸上见过他。'

　　"'该死的！'他骂道，'这下可糟了！'

　　"'为什么？'比尔问道。

　　"'因为他现在肯定想要看登陆艇了！'"

　　谁不想看呢？这艘由马里内特海事公司在威斯康星州梅诺米尼河上建造的 70 吨重的箱形钢铁巨舰，可以运载两辆斯崔克装甲战车，或一辆 M1 艾布拉姆斯主战坦克，甚至一大堆卡车和吉普车——所有这些车辆都可以直接开到它可下放式前甲板的冲浪区。

准尉命令他的部下放下啤酒，回到 LCM-8 登陆艇上，开始擦洗甲板并把一切都整理好。"他们照做了，"麦克卢恩回忆道，"但他们并不高兴。同时，阮文绍和他的随行人员在巡逻艇的陪同下乘坐摩托艇离开了。船员们把登陆艇擦得干干净净，终于可以吃牛排喝啤酒了。这时，大家都已筋疲力尽，于是直接睡在了甲板上。"

第二天是船员们的休息日，他们说说笑笑，似乎为不用执行任何公务而松了一口气，更不用说那天还要带阮文绍和他的官员们参观船只了。他们游了个泳，在沙滩上待了一会儿，然后准尉又给烤架点了火。

"然后，你猜怎么着？"麦克卢恩回忆说，"阮文绍总统又来到海滩上了。他手里拿着一串鱼——我猜他们在夜里钓鱼还挺成功的。他递给我们两条巨大的红鲷鱼，我们把它们去骨、切片，放在烤架上烤。我们问他要不要喝啤酒，他接过啤酒，但随即递给了他的一名随行人员，那人一饮而尽。我发现，在亚洲，人们不想冒犯任何人，比如拒绝礼物，所以阮文绍接受了啤酒，但把实际喝酒的任务交给了他的随从。

"没过多久，鲷鱼和牛排就做好了，阮文绍总统和他的手下跟我们一起吃饭。之后，他果然对麦克艇表示了好奇。我们都上了船，他四处看了看，对麦克艇印象深刻。我们正在甲板上待着，这时阮文绍的一名助手递给他一支雷明顿龙点 22 生存步枪，然后他的助手们开始向空中扔空啤酒罐——我们的空啤酒罐可多着呢。接着阮文绍开始朝它们射击。

"'我也喜欢打靶练习。'阮文绍说。

"比尔走过来说：'介意我试试吗，总统先生？'

"比尔可能在南卡罗来纳州当过猎人，因为他枪法很准，每次都能打中罐头。阮文绍和比尔来回递送步枪，而助手们不停地从登陆艇后面扔罐子，他们就不停地开枪射击。我心想，如果《纽约时报》能拍到这张照片，加上不远处的战俘营和正在进行的战争，那简直了！比尔当时已经喝了几罐啤酒，我悄悄地对他说：'确保你的枪口一直朝上啊。'阮文绍的保镖们都非常警惕地在他周围盯着。"

后来到了该散场的时候，两帮人道别后各奔东西。在整个过程中，南越总统对在南越作战的美国人，只字未提自己国家正在发生的战争。

"他没必要这么做，"麦克卢恩总结说，"这场战争是明摆着的。"

致　谢

我们要感谢特雷莎·奥尼尔·多诺霍、乔治·拉什和埃蒙·拉什的耐心和支持。这本书是为了纪念我们在越南失去的朋友而写的，其中包括奇克的朋友迈克尔·F.博伊尔、詹姆斯·迪齐恩茨洛夫斯基、丹尼尔·J.福斯特、约翰·F.克诺夫、迈克尔·J.麦戈德里克、约翰·麦克黑尔，托马斯·F.米诺格、迈克尔·J.莫罗、安东尼·J.奥尼尔、斯蒂芬·V.帕克、小理查德·P.雷诺兹、伯纳德·林奇和 J.T.莫洛伊的表弟尤金·奥康奈尔。

我要最深切地感谢越战老兵托马斯（汤米）·柯林斯、理查德（里克）·达根、罗伯特（博比）·帕帕斯和凯文·麦克卢恩，感谢他们为国服役，并与我们分享了他们与奇克在越南相遇的生动故事。

感谢他们的生活伴侣苏珊娜·奥肯多·柯林斯、诺琳·奥谢、艾琳·帕帕斯和马戈·麦克卢恩的参与和叙述。

感谢所有在奇克旅途中帮助过他的人。已故"上校"乔治·林奇构思了这一场冒险，向他致敬。

我们衷心感谢哈珀柯林斯出版集团下属的威廉·莫罗出版社的执行编辑毛罗·迪普雷塔，他是当代的马克斯韦尔·珀金斯，在他团队的帮助下，我们的书变得更加出色。感谢他的团队：韦迪卡·

康纳、安德烈亚·莫利托、菲尔·巴什、帕梅拉·巴里克洛、利亚特·斯特赫利克、本杰明·斯坦伯格和莫莉·韦克斯曼。

我们还要感谢以下人士的精彩讲述和编辑建议：卡伦·达菲（达芙）·兰布罗斯、马拉奇·麦考特、托马斯·凯利、罗伯特·多诺霍、杰克·米诺格、库根酒吧老板兼爱尔兰歌曲演唱者彼得·沃尔什、乔·雷诺兹、纽约萨卢吉酒吧和南希威士忌酒吧的比尔·沃尔、米拉·安德烈亚、塞思·考夫曼、菲尔·康奈尔、约翰·麦克马伦、奥德拉·多诺霍·奥多诺万，所有纳罗贝克退伍军人协会托马斯·米诺格分会的成员，以及已故的史蒂夫·（帕利）·麦克法登。

非常感谢纽约最好的文学经纪人、福利奥文学代理公司的弗兰克·魏曼。

我们非常感谢幕张制作公司的天才制片人安德鲁·J.穆斯卡托导演了这部纪实短片，讲述了奇克在布朗克斯区西 231 街的"吹风笛者的短裙"酒吧与他的一些越南战场送啤酒的伙伴们重聚的情景。穆斯卡托的影片被命名为《有史以来最棒的啤酒运送》*，截至 2020 年，该影片在"油管"（YouTube）上的点击量已超过 62.5 万次。感谢帕布斯特啤酒公司对影片的赞助。

非常感谢天空之舞传媒公司的艾梅·里韦拉、唐·格兰杰、达娜·戈尔德伯格和戴维·埃利森，他们认为奇克的故事也应该拍成电影；感谢奥斯卡奖得主彼得·法雷利和布赖恩·海斯·柯里，以及"绿灯计划"获奖者皮特·琼斯，感谢他们用非凡的才华和能力

---

* 纪录片和本书的英文名都是 *The Greatest Beer Run Ever*。这里纪录片名按 2022 年上映的同名电影翻译。

创造了那样的作品。

感谢纪录片导演埃迪·罗森斯坦、北美劳工国际联盟的布赖恩·多诺霍和国际营运工程师联盟的肖恩·多诺霍。

感谢 DKC 新闻公关部精明的战略家们，包括肖恩·卡西迪、乔·德普拉斯科、卡罗琳·佩奇勒、迈克尔·莫谢拉和内森·亚当斯，他们让更多人了解了这个故事；感谢财务奇才诺曼·达维多维奇和莱斯莉·格兰纳姆，帮助我们把这个想法变为实现。

感谢奥德怀尔和伯恩斯坦律师事务所的迈克尔·卡罗尔律师、出版业律师希拉和杰拉尔德·莱文以及娱乐业律师乔纳森·霍恩和日食法务的罗伯特·M.希曼斯基提供的专业法律意见。

非常感谢费城爱尔兰酒吧的老板马克·奥康纳和他的得力助手阿莉·普芬德尔。为了给帮助儿童的海军陆战队执法基金会筹款，奥康纳在费城想出了一个绝妙的主意，举办了"史上最短啤酒运送"活动，路线从他在核桃街 2 007 号的爱尔兰酒吧一直延伸到他在核桃街 1 123 号的另一家爱尔兰酒吧。我们"送箱啤酒到越南"团队的成员非常荣幸地参与了这项活动，并与国会荣誉勋章获得者迈克·桑顿、巴尼·巴纳姆和布赖恩·撒克一起乘坐悍马越野车在费城警察局的开路带领下完成了全程。难怪奥康纳的爱尔兰酒吧儿童基金会已经为慈善事业筹集了 500 万美元。

《送箱啤酒到越南》的部分收益将捐赠给退伍军人基金会和其他慈善组织。

只有 0.5％的美国人服兵役，但我们 100％的人都从中受益。感谢你们。

参考文献

Associated Press. "2D Blast in Saigon Wounds Eight GIs Near Bombed Ship." *New York Times*, May 3, 1964.

Bao, Ninh. *The Sorrow of War: A Novel of North Vietnam*. Edited by Frank Palmos. Translated from the Vietnamese by Phan Thanh Hao. New York: Riverhead Books, 1996.

Buckley, Tom. "Foe Invades U.S. Embassy, Raiders Wiped Out After 6 Hours, Vietcong Widen Attack on Cities, Ambassador Safe, Guerrillas Also Strike Presidential Palace and Many Bases." *New York Times*, January 31, 1968.

Butler, Gen. Smedley D. Butler. *War Is a Racket*. Chicago: Aristeus Books, 2014. First published 1935 by Round Table Press(New York).

Daverde, Alex. "The Real Pentagon Papers." National Archive National Declassification Center online. *The NDC Blog*. Last modified May 26, 2011. declassification.blogs. archives.gov/2011/05/26/the-real-pentagon-papers.

Do, Kiem, and Julie Kane. *Counterpart: A South Vietnamese Naval Officer's War*. Annapolis, MD: Naval Institute Press, 1998.

Du, Nguyen. *The Tale of Kieu: A New Cry from a Broken Heart*(epic poem). Translated by Le-Xuan-Thuy. Glendale, CA: Dai Nam, 1988.

FitzGerald, Frances. *Fire in the Lake: The Vietnamese and the Americans in Vietnam*. Repr. ed. Boston: Back Bay Books, 2002. First published 1972 by Atlantic-Little Brown (Boston).

Halberstam, David. *The Best and the Brightest*. New York: Ballantine Books, 1972.

Herr, Michael. *Dispatches*. Repr. ed. New York: Vintage Books, 1991. First published 1977 by Knopf(New York).

Horodysky, T. American Merchant Marine at War. Last modified June 24, 2019. Usmm. org. An invaluable online resource on the Merchant Marine, authored by heroic Merchant Mariner advocate Ms. Tamara(Toni) Horodysky.

Karnow, Stanley. *Vietnam: A History*. New York: Penguin Books, 1983.

Luce, Don. "The Tiger Cages of Vietnam." Historians Against the War online. https://www.

historiansagainstwar.org/resources/torture/luce.html.

Mohr, Charles. "U.S. Aide in Embassy Villa Kills Guerrilla with Pistol." *New York Times*, January 31, 1968.

Napoli, Philip F. *Bringing It All Back Home: An Oral History of New York City's Vietnam Veterans*. New York: Hill and Wang, 2014.

Nguyen, Lien-Hang. "Exploding the Myths About Vietnam." *New York Times*, August 11, 2012.

North, Don. "Don North: An American Reporter Witnessed the VC Assault on the U.S. Embassy During the Vietnam War." *Vietnam*, February 2001.

Oberdorfer, Don. *Tet!: The Turning Point in the Vietnam War*. Rev. ed. Baltimore: Johns Hopkins University Press, 2001.

Olson, Wyatt. "Saigon Embassy Attack: 'They're Coming In! ' " Washington, D.C., Stars and Stripes, Stripes.com, January 17, 2018. https://www.stripes.com/news/special-reports/1968-stories/remembering-the-saigon-embassy-attack-50-years-later-they-re-coming-in-1.507103.

Rhodes, James. "Vietnam's Con Dao [Con Son Island] Prison, Then and Now." *L.A. Progressive*. Last modified January 2, 2015. https://www.laprogressive.com/page/2/?s=James+Rhodes.

Roush, Gary. "Statistics About the Vietnam War." Vietnam Helicopter Flight Crew Network online. Last modified June 2, 2008. http://vhfcn.org/stat.html.

Rovedo, Michael. "Tet Offensive of 1968." Military Police of the Vietnam War online. http://www.militarypolicevietnam.com. Accessed December 2019.

Safer, Morley. *Flashbacks: On Returning to Vietnam*. New York: Random House, 1990.

Sheehan, Neil. *A Bright Shining Lie*. New York: Vintage Books, 1989.

Sigalos, MacKenzie. "The Vietnam War: How They Saw It from Both Sides of the Divide." CNN online. Last modified May 23, 2016. https://www.cnn.com/2016/05/23/asia/america-vietnam-view-vietnam-war/index.html.

Steinman, Ron. *The Soldiers' Story: An Illustrated Edition; Vietnam in Their Own Words*. New York: Book Sales Inc., 2015.

Sterling, Eleanor Jane, Martha Maud Hurley, and Le Duc Minh. *Vietnam: A Natural History*. Illustrated by Joyce A. Powzyk. New Haven, CT: Yale University Press, 2007.

Stone, Jim. "Beer & Soda Available During the Vietnam War: A Welcome Break from the Hardships." Mobile Riverine Force Association online. Last modified March 15, 2003. https://www.mrfa.org/us-navy-army/beer-soda-available-during-the-vietnam-war.

Swancer, Brent. "The Mysterious Rock Apes of the Vietnam War." Mysterious Universe online. Last modified January 29, 2016. https://mysteriousuniverse.org/2016/01/the-mysterious-rock-apes-of-the-vietnam-war.

Tang, Truong Nhu, David Chanoff, and Doan Van Toai. *A Viet Cong Memoir: An Inside Account of the Vietnam War and Its Aftermath*. New York: Vintage Books, 1986.

Telfer, Maj. Gary L., Lt. Col. Lane Rogers, and Dr. V. Keith Fleming Jr. *U.S. Marines in Vietnam: Fighting the North Vietnamese—1967*. Washington, DC: History and Museums Division, Headquarters, U.S. Marines Corps, 1984. https://www.marines.mil/Portals/1/Publications/U.S.%20Marines%20in%20Vietnam%20Fighting%20the%20North%20Vietnamese%201967%20%20PCN%2019000309000_1.pdf.

Thompson, Cole. "Inwood: The Bar Scene of Not So Long Ago." My Inwood. Last modified March 24, 2014. http://myinwood.net/inwood-the-bar-scene-of-not-so-long-ago. Website maintained by passionate Inwood historian, broker Cole Thompson.

Tucker, Spencer C., ed. *The Encyclopedia of the Vietnam War: A Political, Social, & Military History*. New York: Oxford University Press, 1998.

Tuchman, Barbara W. *The March of Folly: From Troy to Vietnam*. New York: Alfred A. Knopf, 1984.

US Army online. "Medal of Honor: Command Sergeant Major Bennie Adkins." https://www.army.mil/medalofhonor/adkins.

US National Archives and Records Administration online. "Vietnam War U.S. Military Fatal Casualty Statistics." Last modified April 30, 2019. archives.gov/research/military/vietnam-war/casualty-statistics.

Valentine, Tom. "Vietnam War Draft." July 25, 2013: TheVietnamWar.info/vietnam-war-draft.

Wendt, E. Allan, foreign services officer and eyewitness. "Viet Cong Invade American Embassy—The 1968 Tet Offensive." Association for Diplomatic Studies and Training online. Accessed February 2017. https://adst.org/2013/07/viet-cong-invade-american-embassy-the-1968-tet-offensive. First published November 3, 1981, by the *Wall Street Journal*.

Westmoreland, William C. *A Soldier Reports*. New York: Doubleday, 1976.

VIDEO

Abbott, John, dir. *Action in Vietnam* (documentary). Available on YouTube. Made by Australian Commonwealth Film Unit, 1966. 25:01. Uploaded by MFSA Films. https://www.youtube.com/watch?v=6E2-OOQo13c.

Burns, Ken, and Lynn Novick, dirs. *The Vietnam War* (documentary). 10-part series. Aired September 17, 2017-September 28, 2017, on PBS.

Davis, Peter, dir. *Hearts and Minds* (documentary). 1974. Rainbow Pictures. Ellison, Richard, prod., *Vietnam: A Television History*. 13-part series produced by WGBH public television in Boston. First aired 1983.

译名对照表

"沙猪"（隧道挖掘工），sandhog
"燕尾服之王"，"Tuxedo King"
《CBS 沃尔特·克朗凯特晚间新闻》，
　CBS Evening News with Walter Cronkite
《安静的美国人》，The Quiet American
《边缘日记》，The Basketball Diaries
《丑陋的美国人》，The Ugly American
《大力水手》，Popeye
《第二十二条军规》，Catch-22
《菲利普斯船长》，Captain Phillips
《卡萨布兰卡》，Casablanca
《灵魂男子》，Soul Man
《陆军野战医院》，M*A*S*H
《罗伯茨先生》，Mister Roberts
《纽约每日新闻》，New York Daily News
《全金属外壳》，Full Metal Jacket
《士兵男孩》，Soldier Boy
《世界，众生和恶魔》，The World, the
　Flesh and the Devil
《五号屠场》，Slaughterhouse-Five
《幸运的家伙》，Lucky Guy
《因伍德新闻通讯》，Inwood Newsletter
《约翰麦克广播秀》，JohnMac Radio Show
《战地快讯》，Dispatches
《战争哀歌》，The Sorrow of War
《尊重》，Respect
DKC 新闻，DKCNews
阿比娜·多诺霍，Abina Donohue
阿绍山谷，A Shau Valley
埃德·奥哈洛伦，Ed O'Halloran
埃迪·亚当斯，Eddie Adams
埃尔斯沃思·邦克，Ellsworth Bunker
埃蒙·拉什，Eamon Rush

艾琳·塔佩，Eileen Tarpey
艾梅·勒普兰斯·沃里斯，Aimee LeP-
　rince Voorhees
艾瑞莎·富兰克林，Aretha Franklin
爱德华·R.默罗，Edward R. Murrow
爱德华·兰斯代尔，Edward Lansdale
爱尔兰酒吧，Irish Pub
安德烈·布勒东，Andre Breton
安德鲁·J.穆斯卡托，Andrew J. Muscato
安迪·罗森茨魏希，Andy Rosenzweig
安东尼·J.奥尼尔，Anthony J. O'Neill
安溪，An Khe
奥德怀尔和伯恩斯坦律师事务所，
　O'Dwyer and Bernstein
奥迪·墨菲，Audie Murphy
巴图特，Batutut
芭芭拉·麦克奈尔，Barbara McNair
白虎油田，Bach Ho field
白静，Moby Dick
邦美蜀，Ban Me Thuot
保罗·希利，Paul Healey
保宁，Bao Ninh
鲍勃·霍普，Bob Hope
本·许尔，Ben Hur
本尼·G.阿德金斯，Bennie G. Adkins
比尔·利纳恩，Bill Lenahan
比尔·莫耶斯，Bill Moyers
彼得·米纽伊特，Peter Minuit
边和，Bien Hoa
别克斯海军训练场，Vieques Naval Train-
　ing Range
边海河，Ben Hai River
波来古，Pleiku

拉里坦湾，Raritan Bay
莱纳普印第安人，Lenape Indians
兰博，Rambo
蓝色面包店，Blue Bakery
雷克斯酒店，Rex Hotel
里奇·雷诺兹，Rich/Richie Reynolds
理查德(里克)·达根，Richard(Rick) Duggan
理查德·阿米蒂奇，Richard Armitage
理查德·菲利普斯，Richard Phillips
理查德·雷诺兹，Richard Reynolds
林同，Lam Dong
隆平，Long Binh
卢·阿尔辛多，Lew Alcindor
鲁迪·索托，Rudy Soto
路易·勒普兰斯，Louis LePrince
罗伯特(博比)·帕帕斯，Robert(Bobby) Pappas
罗伯特·麦克纳马拉，Robert McNamara
罗伯特·摩西，Robert Moses
罗恩·斯坦曼，Ron Steinman
罗卡韦滩，Rockaway Beach
罗纳德·W.哈珀，Ronald W. Harper
罗纳德·雷科夫斯基，Ronald Rykowski
"绿灯计划"，Project Greenlight
马戈·麦克卢恩，Margo McLoone
马杰斯迪克酒店，Hotel Majestic
马克·沃尔伯格，Mark Wahlberg
马克斯韦尔·珀金斯，Maxwell Perkins
马里内特海事公司，Marinette Marine
玛塔·哈里，Mata Hari
迈克·莫罗，Mike Morrow
迈克尔·C.米勒，Michael C. Miller
迈克尔·F.博伊尔，Michael F. Boyle
迈克尔·J.麦戈德里克，Michael J. McGoldrick
迈克尔·J.莫罗，Michael J. Morrow
迈克尔·赫尔，Michael Herr
麦克法登酒吧，McFadden's Saloon
麦克纽杜雪茄，Macanudo cigar

麦克唐纳·道格拉斯公司，McDonnell Douglas
梅诺米尼河，Menominee River
美富，My Thoi
美国军事援助越南司令部，Military Assistance Command, Vietnam(MACV)
美国联合劳军组织，United Service Organizations(USO)
美国陆军军事史中心，USAMHI
美寿，My Tho
米拉马尔泳池，Miramar Pool
魔鬼岛，Devil's Island
莫利·塞弗，Morley Safer
寞亭志街，Mac Dinh Chi Street
墓碑着陆区，Landing Zone Tombstone
幕张制作公司，Makuhari Productions
南海，the South China Sea
南坎，Nam Can
纽约市警察局翡翠协会鼓乐队，New York City Police Department(NYPD) Pipes and Drums of the Emerald Society
纽约州立大学海事学院和航海博物馆，State University of New York's Maritime College and Museum
诺埃米公主，Princess Noemie
诺拉·埃夫龙，Nora Ephron
诺琳·奥谢，Noreen O'Shea
欧陆酒店，Continental Palace Hotel
欧文·梅巴斯特，Owen Mebust
帕布斯特啤酒公司，Pabst Brewing Company
佩德罗·门楚，Pedro Menchu
彭尼百货，J.C. Penney
皮特·麦吉，Pete McGee
皮特·琼斯，Pete Jones
皮特酒馆，Pete's Tavern
平定，Binh Dinh
乔·雷诺兹，Joe Reynolds
乔·皮亚真蒂尼，Joe Piagentini
乔尼·B.托马斯，Jonnie B. Thomas

乔伊·麦克法登，Joey McFadden
乔治·雅各布森，George Jacobson
乔治·拉什，George Rush
乔治·林奇，George Lynch
乔治·扎胡尔兰尼克，George Zahuranic
日食法务，Eclipse Law Corp
容，Nuong
阮攸，Nguyen Du
阮玉鸾，Nguyen Ngoc Loan
山姆和戴夫，Sam and Dave
神奇面包，Wonder Bread
圣佛洋啤酒，St. Feuillien
圣雅克角，Cap Saint-Jacques
施利茨啤酒，Schlitz
史蒂夫·帕利·麦克法登，Steve Pally
　McFadden
释广德，Thich Quang Duc
舒乐堡，Fort Schuyler
顺化，Hue
丝涟美姿床垫，Sealy Posturepedics
斯蒂芬·V.帕克，Stephen V. Parker
斯派滕戴维尔河，Spuyten Duyvil Creek
斯塔夫罗斯·尼亚尔霍斯，Stavros Niar-
　chos
斯塔滕岛，Staten Island
斯坦利·库布里克，Stanley Kubrick
苏珊娜·奥肯多，Suzanne Oquendo
苏沃，Vo Suu
塔格·麦格劳，Tug McGraw
汤米·米诺格，Tommy Minogue
唐·诺思，Don North
特赖恩堡公园，Fort Tryon Park
特蕾莎·奥尼尔·多诺霍，Theresa
　O'Neill Donohue
天空之舞传媒公司，Skydance Media
统一大道，Thong Nhut Boulevard
头顿，Vung Tau
涂德街（Tu Do Street；又名独立街，In-
　dependence Street)
托马斯（汤米）·柯林斯，Thomas

（Tommy）Collins
托马斯·F.米诺格，Thomas F. Minogue
托尼·霍罗迪斯基，Toni Horodysky
威利·萨顿，Willie Sutton
威廉·塞巴斯特，William Sebast
威斯特摩兰将军，General Westmoreland
韦弗利·琼斯，Waverly Jones
维克多·查理，Victor Charles
维克夸什吉克印第安人，Weckquaes-
　geeks Indians
温尼巴格房车，Winnebago
温皮，Wimpy
文斯·隆巴迪，Vince Lombardi
沃尔特·克朗凯特，Walter Cronkite
西贡河，Saigon River
西莉亚·奥利弗，Celia Oliver
西曼大道，Seaman Avenue
西屋，Westinghouse
希勒尔·施瓦茨，Hillel Schwartz
溪山，Khe Sanh
咸宜大道，Ham Nghi Boulevard
岘港，Da Nang
谢尔曼大道，Sherman Avenue
谢利斯乐队，the Shirelles
谢默斯·希尼，Seamus Heaney
新山一空军基地，Tan Son Nhut Air Base
修道院博物馆，Cloisters Museum
芽庄，Nha Trang
伊沙姆街，Isham Street
因伍德山公园，Inwood Hill Park
永隆，Vinh Long
尤金·奥康奈尔，Eugene O'Connell
约翰·"奇克"·多诺霍，John "Chick"
　Donohue
约翰·"一拳"·米诺格，John "One
　Punch" Minogue
约翰·F.克诺夫，John F. Knopf
约翰·F.麦克马伦，John F. McMullen
约翰·J.赫里克，John J. Herrick
约翰·蒂莫尼，John Timoney

约翰·麦凯恩，John McCain
约翰·麦克黑尔，John McHale
约翰·韦恩，John Wayne
约翰尼·杰克逊，Johnny Jackson
约翰尼·克诺普夫，Johnny Knopf
约瑟夫·"大乔"·柯伦，Joseph "Big Joe" Curran
约瑟夫·海勒，Joseph Heller
越苏石油，Vietsovpetro
窄颈大桥，Throggs Neck
詹姆斯·迪齐恩茨洛夫斯基，James Dziencilowski
詹姆斯·卡格尼，James Cagney

詹姆斯·康拉德·马歇尔，James Conrad Marshall
章克申城行动，Operation Junction City
长岛照明公司，Long Island Lighting Co.
阵亡将士纪念日，Memorial Day
征侧，Trung Trac
征贰，Trung Nhi
之宝，Zippo
职业犯罪小组，Career Criminal Unit
至上女声组合，The Supremes
中国海滩，China Beach
中央高地，Central Highlands
茱莱，Chu Lai

译后记　星尘与和平——战火中的人性之光

C-130"大力神"运输机、B-52 轰炸机、AH-1"眼镜蛇"武装直升机、"昆塞特"牌军用活动房屋、能够冷藏 7 000 吨新鲜食物的补给船，还有压缩饼干、速溶咖啡……这各式各样的战争装备，无不彰显着世界"帝国"的实力。而另一面，1967 年的越南，农民还在牵着水牛穿梭于乡间小路；生活在战争中的少儿格外早熟，腆着笑脸向美国士兵讨要香烟；失去家中经济支柱的年轻女性，只能带着弹片的伤痕，在接待外国"统治者"的酒吧，用微笑换取基本的生活保障。这仿佛是布罗代尔所描述的"集体的命运"，两个完全不同而且相互陌生的世界，被一场贪婪的意识形态战争，活生生地揉捏在了一起。

本书的作者约翰·多诺霍是当时幸运地生活在和平、富裕的美国的爱尔兰人后裔。他成长于纽约曼哈顿北部的因伍德街区——一个典型的劳工阶级熟人社区，不算富裕，却代代相识、邻里守望。这种城市工人社区的氛围，在 20 世纪八九十年代的中国城市，倒是似曾相识。1967 年的多诺霍只有 26 岁，却已经参加过美国海军陆战队、当过商船船员，在没办过护照的情况下，环球游历了三圈。他的朋友们给他起了个绰号叫"小鸡"。在这个亲密的社区里，几乎每个孩子都有相应的绰号。他们亲如一家又爱国，很多不到 20 岁的街坊孩子，已经远赴越南战场，其中有几十个人永远没能从越南茂密的热带丛林中回来。所以当作者听说另一些美国青年在组织反战游行的时候，他替这些战士感到委屈和不公。年轻气盛让他开始了一场从和平的日常生活到深入战地的旅程——他从纽约带了许多易拉罐啤酒，只身前往越南战场，寻找他的伙伴们。最后他身陷战乱，亲眼见证了 1968 年初越南战争中重要历史事件"春节攻势"的惊心动魄的细节。

这本书是宏大历史中的一小段亲身经历，记录了个人在惨烈战争中的惊魂一瞥。同名电影已于 2022 年在美国上映。编剧是彼得·法雷利（Peter Farrelly）和《绿皮书》（Green Book）的联合编剧布莱恩·库瑞（Brian Currie）及皮特·琼斯（Pete Jones）。

约翰·多诺霍后来成为纽约市的工会领袖。他的语言朴素、幽默，颇有街头味道，同时也细腻而诚恳。他坦露着自己对战争的理解的变化——从不容争议的"爱国"行为，到接近炼狱的恐怖经历。他初到越南的时候，完全感受不到战争的存在，甚至顺利地找到了好几个朋友，他一度仿佛在度假般享受老友重逢的喜悦，也带着好奇探索这个陌生的亚洲国度。然而他的朋友越来越难找到，从一到港口就遇上了的宪兵，到在战壕里守卫的陆军，最后辗转多次才找到飞行员。每找到一位朋友，他就离战争的狰狞面孔更近一步。最后他经历了枪林弹雨，目睹了士兵战死，自己也被困在被遗弃的建筑里思考生死。他自己的心路历程，也从轻轻松松扛上背包就出发的个人英雄主义，逐渐转变到明白"一将功成万骨枯"的清醒，最后是他不及待地坐上离开越南的航船，逃回和平的世界。当他终于安全离开越南，他意识到无论是美国人、法国人还是越南人，都应该共享和平，而不是战争。

作者的鲜明个性，常常跃然纸上，所以在翻译的时候，我尽力保留了作者的语气，我希望读者在中文的文本中，也能读出作者的鲁莽或孤勇、恐惧和绝望、沉重或轻松的种种情绪。虽然大部分时间里，这个故事的英文版本读起来非常轻松幽默，但翻译成中文时，我也遇到不少语言挑战，比如当时越南的地名和人名，各种俚语、军事术语等等。我从来不是一个军事迷，所以每次翻译战争史著作时，总是感到既陌生又震撼。"beer run"在美国俚语中，指的是临时跑去买啤酒，为派对添饮的举动。这种"微不足道的奔波"，在战争背景下反显其荒诞与珍贵。而本书的书名，*The Greatest Beer Run Ever*，字面意思是"最了不起的啤酒运送"，可这在中文语境中理解起来实在是如同隔靴搔痒，所以我决定借鉴一些商业电影片名的译法，即用标题概述整个故事情节，这样就有了"送箱啤酒去越南"，言简意赅地把故事最吸引人、最主要的情节概括出来，并且保留原书标题的叙事张力。另外，一些中文里不常见的文化词汇，比如 limbo，虽然在中文语境中，读者已经很熟悉"地狱""炼狱"等词汇，但 limbo 这个词指代收留未经洗礼的无辜善良灵魂的地狱最上层，我选择了同名影视作品的译法，译作"地狱边缘"，希望能减少读者的陌生感。

我特别感谢近年我翻译的两部历史著作的作者，他们不约而同地让字里行间洋溢着幽默与机敏。［另一部译著是珍妮·吉耶曼（Jeanne Guillemin）的《隐匿的暴行：细菌战、东京审判和美日交易》（*Hidden Atrocities：Japanese Germ Warfare and American Obstruction of Justice at the Tokyo Trial*）。] 我感谢他们，让真真切切发生过的枪林弹雨、死生存亡，让各种惨绝人寰与心灵的绝望，在这层幽默感的包裹中，不至于蔓延开来。这层幽默感，隔在读者与血淋淋的历史之间，这是作者对今天未经历过战争残酷的年轻人的保护，也是他们饱识世间真相后，对世界仍然保有的温柔。他们是"过来人"，曾经笑对最残酷的景象，却依然暖暖地伴我们同行。

这本书的故事让我深刻理解"殖民主义"曾如何撕裂着世界。整本书中，我最不喜欢的情节，大概是酒吧的酒水推销小姐桃和作者相识相恋的故事。我们在看普契尼的歌剧《蝴蝶夫人》、皮埃尔·洛蒂的小说《菊子夫人》、勋伯格和鲍伯利的音乐剧《西贡小姐》时，还能觉得这些不过是各种艺术体裁的欧美男性艺术家对东方女性的臆想，多多少少犯着"yellow fever"（对亚洲女性的特殊迷恋）的毛病，但本书中的"桃"，却是一位真实存在的越南女性。战乱使她遭遇生存的困难，甚至腿也被炸瘸，但她有着惊人的顽强生命力，在疤痕处文上代表自己名字的桃花，去酒吧向每一个客人推销酒水和陪伴服务，还会一边和作者跳舞赚钱，一边批评强国殖民者对越南的资源掠夺。这段令人心碎的历史中，一定有千千万万个桃。她们坚韧、清醒、美丽，却满受生不逢时的辜负。果然，桃终于成为作者冒险经历回忆录中的一段轶事、几页音容。

我无意评判作者的个人感情经历，毕竟，每一代人都曾经历每一代人的青春，每一代人也都在实现每一代人的观念进化。20 世纪 60 年代的美国学生运动，在本书故事发生时正轰轰烈烈地进行着。继 20 世纪 50 年代中后期黑人民权运动之后，大学生们开始了校园民主运动、反战运动、女权运动、环保运动、嬉皮士反主流文化运动等，那是多么波澜壮阔的年代。1964 年北部湾事件后，美国以此为由，于 1965 年正式开始大规模向越南派遣地面部队。战争刺伤了美国社会的肌理，露出自由与压迫的裂缝。大学生们怀着正义涌向街头，呼吁终止远方的杀戮、废除种族隔离。同年 3 月，密歇根大学 3 000 多名学生参加反战抗议，有 200 多名教职员工挺身支持。密歇根大学点燃的思想火花，迅速蔓延至加州大学伯克利分校和哥伦比亚大学，数百万学子在全美 500 余所高校汇成抗争的洪流。1968 年，芝加哥民主党全国大会的街头，反战抗议者的呼声与警棍的碰撞交织成时代的最强音："全世界都在看着！"（The whole world is watching!）这场声势浩大的反战运动，是对美国青年命运的追问：为何自由的国度将青春送往屠戮的战场？ 名为"学生非暴力协调委员会"（Student Nonviolent Coordinating Committee， SNCC）的学生组织以游行、静坐的方式，试图唤醒沉睡的良知。本书作者所经历的，正是 1968 年纽约哥伦比亚大学的学生抗议运动。

　　大西洋的另一边，法国存在主义哲学家和左翼知识分子让-保罗·萨特，公开谴责美国对越南的军事干预，在他看来，越南战争是帝国主义的暴行，扼杀了越南人民的自主权和民族解放的正义斗争。在 1965 年，萨特取消了原定于美国康奈尔大学的公开讲座，以抗议美国在越南的军事角色。他在巴黎接受《纽约时报》采访时说，他认为最新盖洛普民调显示，只有少数美国人像他一样反对美国在越南的政策。萨特说："我不想在他们轰炸河内的那天身处纽约。"1966 年 11 月 30 日，萨特在巴黎参加了名为"为了越南的世界六小时"活动，再次表明了他的观点。据当时《世界报》的报道，大约 5 000 人参加了在巴黎互助之家（Mutualité）的这次集会，会场人山人海，萨特、1966 年诺贝尔物理学奖得主阿尔弗雷德·卡斯特勒（Alfred Kastler）、洛朗·施瓦茨（Laurent Schwartz）、亨利·巴尔托利（Henri Bartoli）、皮埃尔·维达尔-纳凯（Pierre Vidal-Naquet）以及多位来自非参战国的代表纷纷上台演讲。萨特的发言点燃了全场的热烈掌声："我们渴望越南的和平，但绝非苟且的和平。这和平必须体现为对越南独立与主权的承认。我们追求这一和平，不仅仅出于道德理由。道德不是足够的动机，我们的斗争动机必须是政治性的……正因如此，我们必须与越南人民站在一起。他们的斗争就是我们的斗争，是对抗美国霸权、美国帝国主义的斗争。"萨特总结道："越南人民的失败将是我们的政治失败，是所有自由民族的失败。因为越南在为我们而战。"*

1967 年 11 月，萨特与伯特兰·罗素在北欧的寒风中，搭建了一座无形的法庭——罗素国际战争罪法庭（Bertrand Russell International War Crimes Tribunal）。该法庭次年在瑞典斯德哥尔摩和丹麦根本哈根两次开庭。这座法庭没有权杖，却承载了人类良知的重量，旨在揭露美国在越南的罪行。他们控诉的不仅是战争，更是人性之殇。法庭记录了凝固汽油弹的烈焰如何吞噬村庄，橙剂如何毒害大地，数百万平民的生命如何在轰炸中陨落。这些数字不是冷冰冰的统计，而是无数家庭的破碎与泪水。萨特以存在主义的目光，审视每一个沉默的灵魂，他指出，战争的残酷性不仅在于其物理破坏，更在于它对人性的扭曲和对道德的摧毁，越南战争无疑是一种"反人

---

* 见 1966 年 11 月 30 日法国《世界报》（Le Monde）报道《5 000 人参与了"为了越南的世界六小时"活动》（Cinq mille personnes ont participé aux "Six heures du monde pour le Vietnam"）。

类罪行"。罗素法庭虽无法律效力，却是西方国家历史上公共知识分子的一次著名运动，并由一系列后续法庭所继承。正义虽脆弱，却能在良知的呼唤中重生。

和平主义也深刻影响了美国乐坛。当越南战争的硝烟撕裂世界的时候，披头士乐队与鲍勃·迪伦的歌声却流淌在战火与抗议中，点亮和平与人性的光芒。披头士的《爱是唯一所需》（*All You Need Is Love*，1967）在全球直播中唱响，唱燃了"爱之夏"的梦想。1968年的《革命》（*Revolution*），在春节攻势的喧嚣中，低吟对暴力的犹疑："我们都想改变世界，但你知道我不会参与（破坏）。"（We all want to change the world, don't you know you can count me out.）1969年，反战圣歌《给和平一个机会》（*Give Peace a Chance*）诞生于列侬和小野洋子的"床上和平"行动，他们在阿姆斯特丹和蒙特利尔以新婚之名呼吁和平。他们穿着白色睡衣，每天12小时（9:00—21:00）在酒店房间接待记者、粉丝与名人，谈论社会、人权、战争等议题。在七天的活动时间里，这张大床和穿着睡衣的列侬与洋子每次都成为全世界瞩目的焦点。"要爱，不要战争"（Make love, no war）的呼吁响彻全世界。1971年问世的《想象》（*Imagine*）延续此志，"想象所有人和平共处"（Imagine all the people living life in peace），勾勒出了无国界的乌托邦。列侬曾表示，这首歌"反宗教、反民族主义、反传统、反资本主义，但由于它被糖衣包裹着，所以也被接受了"。同时代的鲍勃·迪伦则以利刃般的歌词刺破沉默。《答案在风中飘荡》（*Blowin' in the Wind*，1962）深切叩问："炮弹要飞多少次，才能永远被禁止？"（'n' how many times must the cannon balls fly, before they're forever banned?）这首歌成为抗议者的圣歌。《战争大师》（*Masters of War*，1963)冷峻揭露了战争的贪婪，怒斥军火商："你们制造死亡的飞机……我希望你们死去。"（You that build the death planes，……and I hope that you die.)迪伦的锋芒与披头士的温柔交织提醒着我们：即使在最黑暗的时刻，爱与和平仍是人类存在的永恒追寻。

战争如同人类历史的经纬，交织着毁灭与创造的悖论。在牛津大学历史学家玛格丽特·麦克米伦（Margaret MacMillan)的《战争：人性、社会与被塑造的历史》（*War*：*How Conflict Shaped Us*)中，战争不仅被视为杀戮的舞台，也被视为塑造政治、经济与文化的熔炉。从古希腊起，战争驱动了国家的形成，催生了税收、议会等制度，甚至孕育了雷达、青霉素等技术奇迹。然而，这种创造伴随的代价无比沉重：平民的苦难、女性的牺牲、生命的陨落。麦克米伦指出，战争的本质在于其矛盾性，"它唤醒了人性中最卑劣与最高尚的部分"，既有贪婪与暴力的深渊，也有勇气与团结的光辉。她以史为鉴，揭示战争的动因——贪婪、自卫、情感与理念——千年未变。越南战争的硝烟中，人性的团结与爱，谱写下了《送箱啤酒去越南》中我最喜爱的章节。这不仅是人们在战乱中的互帮互助，也是人类对战争中所有生命的怜悯之心。

1968 年春节攻势的硝烟中，西贡的战火也蔓延到了动物园。西贡动物园是北越军队发动进攻的理想地点，饲养员第一时间就遇害了，动物们从那以后就一直被关着，且无人照顾。一些西贡居民冒险进入动物园，发现了那些饥饿的动物。他们自己也饥肠辘辘，但还是把能省下的东西都带来给动物。越南人民的佛教信仰使他们相信，动物和人类同样有感受，可能是人类的祖先，有转世为人的机会，所以人们必须帮助它们。这是全书中最让我感动的描写：

> 那里有座花园，里面满是枯死的兰花。树冠上传来一阵令人
> 毛骨悚然的尖叫声，我抬头一看，数百只绿鹦鹉倒挂在树上。前
> 方，皮肤松弛的大象无精打采地站在酷热中。白虎和豹子在笼子
> 里踱步，猴子们在笼子里疯蹿。我看到一位老太太隔着铁栏杆给
> 鳄鱼喂长棍面包。天啊，它真的抢到了，几乎把她的手都咬到了。
> 另一位女士正把一小碗米饭推到猴子笼里。我不知道猴子通常
> 是否吃米饭，但它们现在对米饭趋之若鹜。

> 越南政府连给人民的食物都没有，更不用说动物园里的动
> 物了。这些市民可能把他们仅有的食物分一半给了动物们。二战
> 后，柏林和布达佩斯也发生过同样的事情。善良总会出现在意想
> 不到的地方。

战争中超越物种的人性光辉，不仅发生在佛教氛围浓厚的西
贡，也不仅发生在柏林和布达佩斯。这让我想起抗战期间"动物长
征"的故事。在太平洋的这一边，1937年，南京的冬日被日军的炮
火吞噬，中央大学奉命西迁重庆，4 000余名师生携图书设备撤离，
唯独畜牧场的1 000余只珍稀育种动物因运输艰难滞留南京，仅有
中央大学农学院教师、畜牧场兽医兼场长王酉亭和三名留守职工照
看。校长罗家伦临别时叮嘱说："敌人逼近首都，这些余下的牲畜，
你可迁则迁，不可迁也可送人放弃，我们也不会怪你。"王酉亭和
留守职工却认为这些动物是畜牧从外国高价引进并饲养多年的牲
畜家禽，是教学科研和畜禽改良的稀缺品种和国家财产，发誓"不
惜一切代价，绝不流失丢弃；把没能迁移的动物护送到重庆，送到

我们的中央大学。绝不留给敌人，成为日本鬼子的盘中餐"。

1937年12月9日，南京围城，王酉亭带领职工星夜行动，在下关江边雇四条木船，将1 000余只动物运至浦口。鸡鸭鹅兔装笼驮于牛马背上，猪羊驱赶随行，队伍冒空袭、饥荒与疾病，沿江浦、合肥、六安，辗转4 000余里，历时一年抵重庆。职工以野菜稻壳喂养牲畜，用草药医治病畜，甚至让出自己的口粮。1938年春节，队伍困于六安，王酉亭急电罗家伦获汇款续行；途遇溃兵抢夺、土匪拦路，他们绕行小道，护送每一条生命。1938年11月，爱国实业家卢作孚无偿提供轮船，助队伍从湖北宜昌抵达重庆沙坪坝。罗家伦校长在《逝者如斯集》的《炸弹下长大的中央大学——从迁校到发展》中回忆："这些牲口经长途跋涉，已经是风尘仆仆了。赶牛的王酉亭先生和三个技工，更是须发蓬松，好像苏武塞外归来一般。我的感情震动得不可言状，看见了这些南京赶来的牛羊，就像看到久别重逢的老朋友一样。我几乎要向前去和它们拥抱。当我和这些南京的'故人'异地重逢时，心中一面喜悦，一面也引起了国难家仇的无限愤慨；我眼中的泪水也不禁夺眶而出了。"就这样，美国牛、荷兰牛、澳洲牛、英国猪、美国猪，扛着装笼的美国鸡、北京鸭，出现了在重庆沙坪坝畜牧场。罗家伦校长亲自带队，中央大学、附中、附小师生和家属近万人从教室和家属区里拥出来，排成两行队列热烈鼓掌，像欢迎英雄将士一样欢迎这支特殊的队伍。这场"动物长征"的壮举，为战时农业复兴奠定了根基；这场跋涉不仅是抗战的注脚，更是人与动物乱世中守护共生的奇迹。

在越南战争结束半个世纪后的今天，我们的世界有更多和平的理由。美国天文学家卡尔·萨根（Carl Sagan）在其著作《宇宙》

（*Cosmos*）中写道："我们 DNA 里的氮元素，我们牙齿里的钙元素，我们血液里的铁元素，还有我们吃掉的东西里的碳元素，都是曾经大爆炸时的万千星辰散落后组成的，所以我们每一个人都是星尘。"这诗意的真理，揭示了人类的共同起源：无论种族、信仰，我们皆源自同一星辰。萨根的科学不仅是知识的灯塔，更是和平的哲学，呼唤人类在浩瀚宇宙中找到共存的理由。他提醒人类：在这颗渺小的"暗淡蓝点"上，所有的纷争都显得徒劳而可悲，人类应该彼此怀有感恩存在的心："在广袤的空间和无限的时间中，能与你共享一颗星球、共度一段时光，是我莫大的荣幸。"[卡尔·萨根《暗淡蓝点：探寻人类的太空家园》（*Pale Blue Dot：A Vision of the Human Future in Space*）]

而今天，越南战争的伤痕还未忘却，中华民族的苦难仍有回响，我们这代人曾经那么视作理所当然的世界和平，却显出了脆弱，在局部战争的阴影下不停战栗。如果我们能拥有人类源自同一星辰的胸襟，那我们应该有希望携手维护和平、抵御世界的分裂与冲突。毕竟，这颗星球的每一个生命，都值得我们珍惜。5 万年前，世界上还没有人类，138 亿年前，宇宙中还没有地球，尽管所有的生命都有始有终，但这并不意味着我们的存在只是虚无，恰恰相反，我们的生命因为有限才显得弥足珍贵，我们要在有限的时间中，为生命更好地定义。这种定义，不应该是贪婪，也不应该是战争。被这些战争机器所压抑的人性之光，也许正是我们今日继续讲述这些故事的理由。

谭阳

2025 年 7 月 15 日于成都

格致·格尔尼卡

《送箱啤酒去越南——战争中的友谊与忠诚》
[美]约翰·"奇克"·多诺霍　J.T.莫洛伊/著　谭阳/译

《葡萄酒与战争：法国人与纳粹的斗争》
[美]唐·克拉斯特鲁普　佩蒂·克拉斯特鲁普/著　刘军/译

《纯粹的苦难：二战中的士兵》
[美]玛丽·路易斯·罗伯茨/著　熊依旆/译

《战地快讯》
[美]迈克尔·赫尔/著　谢诗豪/译

《加里波利：一场一战战役》
[英]艾伦·穆尔黑德/著　张晶/译

《唐行小姐：被卖往异国的少女们》
[日]森崎和江/著　吴晗怡　路平/译

《什么也别说：一桩北爱尔兰谋杀案》
[美]帕特里克·拉登·基夫/著　熊依旆/译

《希腊内战：一场国际内战》
[加]安德烈·耶罗利玛托斯/著　阙建容/译

《纳粹掌权：一个德国小镇的经历》
[美]威廉·谢里登·阿伦/著　张晶/译

《藏着：一个西班牙人的 33 年内战人生》
[英]罗纳德·弗雷泽/著　熊依旆/译